NOUVELLE COLLECTION NATIONALE

Autant [illegible]ture que dans un vol[illegible] 9 francs pour

95 cent.

l'ouvrage complet illustré

LÉON GOZLAN

LES PLUS JOYEUSES AVENTURES D'ARISTIDE FROISSART

F. ROUFF, éditeur, 8, boulevard de Vaugirard, PARIS

LES PLUS JOYEUSES AVENTURES D'ARISTIDE FROISSART

A QUELLE ÉPOQUE COMMENCE CETTE HISTOIRE

Tout le monde existait, il y a quinze ans, et cela m'embarrasse beaucoup; car si je mettais la scène au moyen âge, j'aurais mes coudés franches; je bâtirais des châteaux comme il n'en a jamais été construit, et je ferais parler les gens d'une façon singulière. Quelle érudition a cet écrivain, dirait-on; c'est un puits. Je me priverai de cet éloge. Ma date est 1845, et mes personnages demeurent tout bourgeoisement faubourg Saint-Honoré

DESCRIPTION DE L'HOTEL FROISSART

Je connais un journal à Paris dont le rédacteur en chef ne paye plus les descriptions, se mettant par là en opposition hostile avec cet écrivain qui voudrait qu'on lui comptât sa signature comme une ligne, et qu'on la lui payât cinquante centimes. Ces deux prétentions sont exorbitantes. Toutefois, je ne puis loger mes personnages dans la rue.

L'hôtel Froissart était au numéro 103; il se composait de trois étages et d'une ligne de mansardes, d'une cave et de plusieurs caveaux. Si vous trouvez dans l'abbé Prévost, Lesage, Fielding et Richardson, une peinture plus exacte des lieux où ces illustres romanciers font agir leurs personnages, je consens à décrire, moellon à moellon, l'hôtel Froissart. Pourquoi nous dites-vous toujours de les copier? Mettez-vous donc d'accord, tas d'instruments que vous êtes!

ENDROIT OU JE N'IMITE PERSONNE, MAIS OU JE DÉCRIS UN PEU

Dans la cave de Froissart, les bouteilles ne portaient pas absolument en étiquettes les titres et les qualités des vins qu'elles renfermaient. Froissart avait ses raisons pour les classer autrement que les sommeliers. Sur les vins ordinaires, par exemple, il avait écrit *Vingt ans de Mariage, Ennui, Créanciers, Pluie, Poème épique*, etc.; sur les vins de Bourgogne vieux, au lieu des noms vulgaires de *Tonnerre, Nuits, Pomard*, on lisait : *Contentement, Bien-Etre, Philosophie, Jeune Veuve, Sagesse facile*; sur les bordeaux : *Qu'est-ce que cela me fait? Je m'en moque pas mal! Après moi le déluge!* Le champagne prenait pour désignation : *Bonheur, Ivresse, Fantaisie, Délire, Oubli de tout, Toutes les femmes me plaisent, Tous les hommes sont parfaits;* jusqu'aux liqueurs qui avaient leur qualification morale.

PORTRAIT DE FROISSART

Comme il avait été peint par tous les grands peintres de l'époque, il n'est pas étonnant qu'aucun de ses portraits ne fût ressemblant. Le plus simple est de recourir à un des ses passeports :

Aristide Froissart. — Né à Paris. — Taille élancée. — Cheveux châtain foncé. — Yeux bleus. — Nez droit. — Bouche grande. — Menton petit. — Teint animé. — Age : vingt-trois ans. — Signe particulier : aucun.

Vous ne connaîtriez pas mieux Aristide Froissart, eussé-je employé vingt pages à vous parler de méplats, de clair-obscur, de pénombre et d'ombre, de lignes contrastantes, de places miroitantes, de sinuosités voluptueuses. Cette peine étant prise, eussiez-vous reconnu dans la foule Aristide Froissart? Certes, non. Inconnu pour inconnu, prenons le chemin le plus court.

IL AVAIT UN PÈRE

Son père, Jean Cascaret Froissart, accusateur public en 93, avait accusé M. de Neuvilette d'être noble, riche, heureux; poudré à blanc, vêtu proprement, et de manger le peuple. On ne plaisantait pas alors. M. de Neuvilette se hâta de s'appeler *communal*, d'ôter sa poudre, d'endosser une carmagnole. L'accusateur Froissart se chargea de lui prendre sa fortune, qui était considérable, et de faire non seulement qu'il ne mangeât plus le peuple, mais qu'il ne mangeât plus du tout. Il ne pesait plus qu'une seule accusation sur la tête de M. de Neuvilette; c'était, à la vérité, la plus terrible de toutes : celle d'être accusé. Il aurait porté sa tête sur l'échafaud et on lui aurait même épargné cette peine en la lui portant sur cette seule accusation, si l'accusateur Froissart ne lui eût fait une proposition fort acceptable.

« Nous sommes jeunes, dit-il, et mariés tous les deux; si la nature te donne une fille, et que la nature m'envoie un fils, nous les marierons. Y consens-tu? » A quoi n'eût pas consenti M. de Neuvilette en ce moment?

« Tu n'as plus rien à craindre, lui dit l'accusateur Froissart. Fais-moi une fille. »

POURQUOI LE PÈRE FROISSART CONÇUT-IL UN TEL PROJET?

Parce que c'était un homme de réflexion et de prévoyance. Il savait que les révolutions commencent par se faire au profit des voleurs et qu'elles sont ensuite confisquées par d'autres voleurs plus adroits et plus prudents. Les premiers sont les voleurs braves, les autres sont les voleurs conservateurs. Etudiez l'histoire. Or, le père Froissart se dit :

« Tout ceci est trop beau pour durer. Un moyen pour que les Neuvilette ne réclament jamais rien, c'est de nous unir à eux. »

OU L'ON DIT LE MOTIF POUR LEQUEL M. DE NEUVILETTE VOULUT TENIR PAROLE

D'abord, c'est qu'il ne put s'en dispenser. Si, pour nous servir des expressions de l'accusateur Jean Cascaret Froissart, la nature lui envoya une

F. Rouff, Editeur. — 1925.

fille, elle mit tant de lenteur dans son envoi, que cette fille, Adeline de Neuvilette, naquit en 1809, en plein empire, et qu'à cette époque on n'était pas encore disposé à rendre les biens enlevés aux nobles. M. de Neuvilette, très intéressé à tenir sa parole, demanda à M. Froissart s'il était décidé à tenir la sienne. Une seconde fois, M. Froissart se dit :

« Tout ceci ne peut durer.

« L'empire nous a rendu le culte, comme on dit; il nous a rendu même une foule d'autres choses que nous n'avions pas; il pourrait bien nous rendre une restauration. » Il accepta de donner son fils Aristide Froissart à Adeline de Neuvilette, dès qu'ils seraient tous deux parvenus à l'âge de raison.

PREMIER USAGE QU'ARISTIDE FROISSART FIT DE SA RAISON

Il emprunta dix mille francs et souscrivit des lettres de change pour cinquante mille; sur ces dix mille francs, il fut obligé d'en donner mille à celui qui l'avait mis en rapport avec l'usurier, et mille à l'usurier de la main à la main, quoiqu'il fût censé en avoir touché dix mille. Sur les huit mille francs restant, il faut mettre en ligne de compte un lion privé dont le prêteur tenait à se défaire. Le lion privé représentait deux mille francs. Froissart prit les six mille francs, monta dans un fiacre avec son lion privé et alla chercher son ami de collège, Beaugency, et plusieurs autres de ses camarades. Ils se rendirent tous à Meudon, où nous allons les revoir en bonne compagnie.

CE QUI ATTENDAIT A MEUDON ARISTIDE FROISSART ET SES AMIS

Huit figurantes empruntées à divers théâtres de Paris, et vêtues comme les femmes du nouveau monde lorsque Colomb y débarqua pour la première fois. Chacune de ces dames avait à la main, pour se voiler, un numéro du journal du soir. La fête commençait ainsi. C'était la commencer comme peu finissent.

LE CARACTÈRE ET LES MŒURS DES AMIS D'ARISTIDE FROISSART

PREMIER AMI

On l'appelait le Troubadour, et autant vaut lui laisser ce surnom, à moins qu'on ne préfère lui en donner un autre plus explicite et qui finit par lui rester : *La Dernière Guitare.*

La *Dernière Guitare* avait alors dix-huit ans. Il avait reçu ce sobriquet à cause de la glorieuse exception qu'il offrait au milieu d'un monde d'où la guitare avait été bannie par le piano. Quand toutes les guitares avaient été brisées avec l'Empire, quand il n'existait plus un seul professeur de guitare en France, il allait chanter de porte en porte, malgré les chats, les rires des passants et la vindicte publique. Pourtant c'est avec quelque raison qu'il disait :

« Il n'existait qu'un seul instrument avec lequel un jeune homme pût peindre son amour à une femme sans paraître bossu, comme ceux qui jouent du violon; sans cracher avec des mines de singe dans un trou fait dans un morceau de bois creux, comme font ceux qui jouent de la flûte; sans montrer le dos à celle pour qui l'on dit soupirer, ainsi qu'il arrive à ceux qui touchent du piano; il n'existait enfin que la guitare avec laquelle on pût exprimer de face à une personne, et sans grimace, sans contorsion, l'amour dont on était saisi en la voyant; et l'on poursuit d'anathème, on exile, on brise cet instrument! Je le réhabiliterai. »

Ce que fit notre *Dernière Guitare* avec un héroïsme digne d'un meilleur sort.

DEUXIÈME AMI D'ARISTIDE FROISSART

Pâle comme un mort, beau comme un ange, Beaugency avait dix-neuf ans; il paraissait, tant il était délabré, ne devoir jamais en avoir vingt. Néanmoins, il comptait vivre encore un an ou plutôt douze mois. A force d'user de la vie, Beaugency l'avait usée. Héritier à dix-sept ans de la fortune de son père qui s'élevait à trois cent mille francs, il en avait déjà dévoré les deux tiers. Sa santé s'était fondue dans les orgies, les nuits de bal, les chasses violentes, les plaisirs de toute sorte. Au bout d'un an, il ne digéra plus, il eut les deux poumons atteints et une lésion profonde aux entrailles. Tout médecin consulté le condamna. Il prit son parti. Son unique pesée fut de savoir au juste combien il avait à vivre, non pas d'années, mais de mois. La science put lui répondre qu'il n'avait plus qu'un an à vivre, s'il ne renonçait pas à la débauche, mais qu'il pouvait vivre encore cinq ans avec des ménagements nombreux, un régime doux, un parfait repos d'esprit.

« J'ai choisi, s'écria-t-il : vivre un an comme j'ai vécu et qu'on m'enterre ensuite... »

Ayant pris cette détermination, Beaugency s'arrangea de façon à arriver à son dernier écu avec son dernier souffle de vie. « Les cent mille francs, somme qui me reste en caisse, se dit-il encore, représentent par mois huit mille trois cent trente-trois francs trente-trois centimes. J'ai donc à dépenser cette somme chaque mois jusqu'à ma mort, et je serais fou d'y manquer, n'ayant ni frères, ni sœurs, ni vieux domestiques à enrichir. »

TROISIÈME AMI D'ARISTIDE FROISSART

Celui-là s'appelait Lacervoise et se donnait pour sculpteur auprès de ses amis. Le côté artiste de Froissart penchait beaucoup vers la nature originale de Lacervoise, nature ardente et paresseuse comme la sienne. Il se donnait pour sculpteur, mais nul n'avait jamais vu un monument, une statue, un simple médaillon de Lacervoise. Aristide seul croyait Lacervoise. Du reste, il jugeait la sculpture d'une façon qui n'était intelligible que pour lui et pour Aristide. Son opinion sur ses devanciers les plus illustres ou ses confrères vivants se manifestait par des gestes ou par des cris imités de certains animaux.

CE QUI PRÉCÉDA LE DESSERT

Froissart et ses amis se firent monter du papier à lettres, des plumes, de l'encre, quarante chandelles, l'enseigne de l'auberge. Tout cela de sang-froid.

L'aubergiste remonta avec du papier à lettres, des plumes, de l'encre, quarante chandelles, l'enseigne de l'auberge. Son enseigne était le *Lion d'Or*. Le véritable lion était sous la table, mangeant de temps en temps des morceaux de cinq ou six livres de viande. Ordinairement, c'est l'intérêt qui dévore le capital; là, c'était le capital qui dévorait l'intérêt.

Beaugency, Froissart et Lacervoise adressèrent des circulaires à tous les habitants du pays, pour les inviter à venir voir dans la soirée, à la porte de l'hôtel du *Lion d'Or*, un lion offert par le bey de Tunis au roi Charles X, qui ne l'avait pas accepté, ne sachant où le mettre. Le lion refusé retournait donc en Afrique avec les deux chasseurs qui l'avaient pris et les esclaves qui l'avaient accompagné dans son voyage en France. Spectacle à dix heures.

Qu'on juge du degré d'animation auquel étaient arrivés les convives. Froissart fit boire du vin de Champagne au lion. L'aubergiste, témoin de ce fait inouï à Meudon, éteignit ses fourneaux et sortit de chez lui. Il lui était arrivé de louer sa salle pour célébrer des banquets politiques; il avait entendu chanter des hymnes nationaux, mais jamais il n'avait vu un lion boire du vin de Champagne dans son auberge. Le seul lion qu'il eût vu jusqu'alors était celui de son enseigne.

Offert par le bey de Tunis à S. M. Charles X.

Au coup de dix heures, toute la population de Meudon se plaça sous les croisées de l'auberge du *Lion d'Or*, qui s'ouvrirent et s'éclairèrent. L'enseigne fut déployée et les artistes parurent au balcon. Il y eut un cri d'indignation dans la foule, un cri d'horreur le suivit.

Le lion privé se mit à rugir et à bondir, cassant les bouteilles et apparaissant aux spectateurs effrayés, tantôt au plafond, tantôt au balcon, comme s'il eût voulu se précipiter sur la population et son maire. C'était lui qui avait l'air de montrer ceux qui avaient voulu le montrer; et ceux-là tremblaient maintenant de toute leur force et ne savaient par où s'échapper.

Enfin, dans ces terribles émotions, le lion passa la tête entre les barreaux de fer du balcon et ne put plus l'en retirer. Ce miraculeux incident sauva la vie à Froissart et à ses invités, qui descendirent à toutes jambes dans la rue, que la peur avait nettoyée. Il n'y avait plus personne. Ils profitèrent de la terreur des habitants pour gagner Paris où ils arrivèrent dans un état difficile à décrire.

« Comme nous nous sommes amusés! » s'écria Froissart en rentrant à trois heures du matin.

AUTRE TRAIT DE JEUNESSE D'ARISTIDE FROISSART

Trois mois après l'aventure de Meudon, Froissart entrait à Sainte-Pélagie, son père n'ayant nullement voulu payer les cinquante mille francs de lettres de change qu'il avait souscrites. Il y avait à cette époque dans une niche de la prison une statuette en plâtre de la sainte qui a donné son nom à l'établissement. Froissart écrivit au pied de la statuette :

PÉLAGIE,
à toi pour la vie!

Pendant les deux premiers mois de sa captivité, il se livra au travail le plus assidu. Jour et nuit il écrivait. Quand il eut à peu près écrit la valeur de deux volumes, il fit prier son père de passer au parloir de Sainte-Pélagie.

— Je sais que vous avez à vous plaindre de moi, dit-il, mais voilà un ouvrage dont le mérite me fera peut-être obtenir votre pardon.

— C'est de l'argent qu'il vous faut pour obtenir votre liberté, s'écria le vieil accusateur public, et, certes, je ne vous en donnerai pas.

— Ce livre est de l'argent, et beaucoup d'argent. Je l'ai vendu trente mille francs à un libraire.

— Trente mille francs! s'écria le vieux Froissart. Mais qu'est-ce donc?

— Emportez-en un fragment que vous lirez à loisir. Je ne puis vous en dire davantage.

CE QUE LUT LE PÈRE FROISSART EN DÉROULANT LE MANUSCRIT DE SON FILS

Mémoires de mon père, Jean Froissart, accusateur public en 93

Le manuscrit commençait ainsi :

« La première famille que spolia mon père fut... »

Le père Froissart ne voulut pas en lire davantage. Le lendemain, son fils sortait de Sainte-Pélagie, libre de toutes dettes, et en parfaite disposition d'en contracter de nouvelles.

— Si je le place dans une maison de commerce, se dit le père, il n'ira jamais; si je le fais soldat, il désertera; il n'est bon à rien; marions-le.

Comme la plupart des pères, M. Froissart se trompait sur le compte de son fils. Aristide Froissart était une de ces précieuses natures que personne ne comprend et que tout le monde connaît. D'abord, Aristide, quoique le plus paresseux de ses condisciples autrefois au collège de Charlemagne, savait le latin et le grec comme aucun professeur. Aucun sens ne l'embarrassait. Mais, quand il avait lu une page d'Homère, il la déchirait et il la roulait en cigarettes. En moins de deux mois, il avait lu et retenu nos meilleurs écrivains depuis le XVIe siècle. Puis, comme son père le tenait à court d'argent à cette époque, il les avait tous vendus à l'épicier de la pointe Sainte-Eustache. S'il connaissait faiblement les langues modernes, dont il ne faisait pas un cas infini, il savait le blason aussi bien que feu Chardin. Il avait presque toujours sur lui ou un petit traité de blason, ou une table de logarithmes, ou l'*Erotica biblion*. Il était aussi adroit de ses mains qu'il était intelligent; il réussissait à ravir dans la ciselure difficile, fouillait le liège si ingénieusement, qu'il avait exécuté en relief un plan du Louvre d'une merveilleuse exactitude; il aimait les oiseaux, qu'il élevait et empaillait comme un naturaliste; un escamoteur opérait-il devant lui, il savait le tour avant qu'il eût fini. Et cependant, ainsi que l'avait dit son père, il n'était bon à rien, parce qu'il était paresseux; dédaigneux à l'excès de toute gloire; nullement curieux; adorant une foule de choses que les adeptes seuls comprennent et pratiquent. Il savait l'endroit de Paris où se boit le meilleur café, le mois de l'année où les huîtres sont le plus savoureuses, le bureau de tabac où les cigares ont le goût le plus fin, le marchand de comestibles qui reçoit douze heures avant ses confrères les sardines fraîches de l'Océan. C'était, de l'avis de tous les habitués de l'estaminet hollandais, le premier culotteur de pipes. Il n'en manquait pas une. Si l'on voyait un homme religieusement accroupi sur une pipe enveloppée dans un linge humide, et fumant cinq heures de suite pour achever son expérience, on pouvait dire : C'est Aristide Froissart. Quel état pouvait, raisonnablement lui convenir? Par où attacher à une profession un homme trop mou pour exécuter, trop spirituel pour vouloir se donner pour savant, trop savant pour se piquer de n'être que spirituel? Il se bornait à vivre de la vie des sens, à manger la fortune de son père et un peu à la boire.

POSITION SOCIALE DU MARQUIS DE NEUVILETTE

Ruiné par la Révolution sous les traits de Jean Froissart et par l'incendie du Cap, M. de Neuvilette avait réclamé à double titre d'émigré et de colon. Ses pertes comme colon s'élevaient à cinq cent mille francs, et ses pertes comme émigré à un million. Le gouvernement, auprès duquel il était sans protection, lui accorda quinze cent francs en trois payements.

SILHOUETTE DE CET EXCELLENT MARQUIS

Son ombre sur le mur offrait le profil d'Henri IV moins la barbe. La houppe au sommet du front couronnait un nez aquilin, nerveux, et appelait un menton un peu en sabot. Un des plus agréables incidents des soirées d'hiver, était pour Mme de Neuvilette de faire place à son mari de manière que son ombre profilât sur le mur l'image du bon roi. M. de Neuvilette se prêtait à tout. C'était la bonté même, avec ses yeux bleus très clairs, son visage avenant et son sourire de race. Le cher homme n'avait jamais eu grand esprit, mais il eut et avait encore cet autre esprit qui tient lieu du grand et qui est souvent préférable. Il respectait les femmes. Si son bon sens était léger comme son corps, du moins il n'était pas faux. Il pensait que la vie d'un honnête homme n'est jamais si douce que sous le joug d'une obéissance : il avait d'abord obéi à sa mère, puis à sa femme, toujours à son roi, et cela sans jamais analyser son devoir.

ENTREVUE DU PÈRE FROISSART
ET DU MARQUIS DE NEUVILETTE

— Vous êtes toujours dans l'intention de donner votre fille à mon fils? alla demander un jour le vieux Froissart au marquis de Neuvilette.

— Toujours, lui répondit celui-ci, puisque cela était convenu entre nous avant qu'ils fussent nés.

— En ce cas, dit le vieux révolutionnaire, voici ce que je donne à mon fils : cent mille francs comptant; mon château de Vertumi; mes terres de la Grenouillère; mes bois de Saint-Uran, et mon hôtel du faubourg Saint-Honoré. Et vous, que donnez-vous à votre fille?

— Mon cher, lui répondit le marquis, je lui donne exactement tout ce que vous donnez à votre fils.

Il est impossible de dire à un homme avec plus d'esprit et de courtoisie : « Vous êtes un voleur. »

Le mot avait trente-cinq ans de bouteille. Le vieux Froissart en fut comme grisé.

PORTRAIT AU PASTEL D'ADELINE DE NEUVILETTE

Devant nous est une de ces feuilles blanches comme les aiment tant les peintres. Prenons le fusain et traçons un ovale pur sur ce bristol glacé. Ces deux arcs noirs sont les sourcils, ce croissant sera la base du nez, et cette double sinuosité la bouche. Voilà le cou, voilà les épaules. Repassons à la mine de plomb, et arrêtons avec précision ces yeux dont nous allons si bien traiter le point lumineux, que nous aurons déjà la moitié de l'expression.

L'expression est de grâce, de réserve et de distinction.

Maintenant, empâtons de blanc et d'un violet cendré ces tempes qui tournent si bien. Ce violet et un peu de vermillon nous aideront à tracer des veines sous l'œil, près de la bouche, et à préparer la teinte du cou et son gracieux piédestal. Ce rose et ce filet de blanc qui l'éclaire nous donnent la bouche; plus ouverte que cela: ne craignons pas de la chiffonner. Un trou à droite, un trou à gauche dans les joues. Couvrez-moi des reflets de cette chevelure noire ces belles chairs Pompadour de seize ans. Ce nez ne relève pas autant que l'expression de ce joli visage l'exige. Animez-moi votre statue maintenant. Un coup de clair ici, là et là. Ce front est beau, mais mort, allumez-moi un rayon qui le parcoure. Venons aux épaules et au sein...

Je ne sais pas pourquoi je me donnerais tant de mal, pour qu'au bout du compte vous estimiez autant mon travail que si je vous disais : Adeline avait des yeux d'azur, des cheveux d'un noir d'ébène, des dents de nacre, un sein d'albâtre et une taille de nymphe.

Notez que les plus habiles en sont là. Je me bornerai donc à vous dire : Adeline de Neuvilette inspirait l'amour par sa beauté, le respect par sa modestie, et l'estime par sa brillante éducation.

VOYAGE DU PÈRE FROISSART
A LA RECHERCHE DE SON FILS

Quand M. Froissart et M. de Neuvilette furent d'accord, M. Froissart alla chercher son fils à son dernier logement. Le portier lui dit :

— M. Aristide Froissart n'y est pas.

— Quoi! déjà sorti, à sept heures du matin? Quand rentrera-t-il?

— Je l'ignore.

— Comment, vous l'ignorez?

— Oui, monsieur : voilà trois mois que nous l'avons pour locataire, et il n'a pas paru une seule fois. Vous ne feriez pas mal de vous adresser au faubourg du Roule, la dernière maison avant la barrière.

— Mais c'est à deux lieues d'ici!

A la maison de la barrière du Roule, le portier en entendant prononcer le nom d'Aristide Froissart, se mit à rire ou plutôt à crier :

— M. Aristide Froissart, c'est un gueux, un libertin, une mauvaise paye, un mange-tout! est-ce qu'on sait où ça loge!

— Mais, mes braves gens, leur dit M. Froissart, vous m'épouvantez, je suis son père.

— C'est différent, reprit alors le portier d'un ton radouci et cependant encore défiant, c'est que je vous avais pris pour un créancier. Pour les dégoûter de revenir ou d'aller ailleurs le chercher, M. Froissart nous fait une petite pension de quarante sous par jour; il nous paye pour que nous leur disions beaucoup de mal de lui. Les créanciers sont si effrayés de nous entendre, qu'ils renoncent tous à le trouver, et que quelques-uns ne pensent plus à s'en faire payer.

— O corruption! dit le père Froissart. Mais enfin, est-il chez lui en ce moment?

— Il ne doit pas être levé, il n'est encore que sept heures. Puisque vous êtes son père, je puis vous dire qu'il vient rarement ici le jour, et qu'il passe ordinairement la nuit au passage des Panoramas, escalier S, chez Mme de Sainte-Sabine. Vous demanderez M. Jupiter. Monsieur votre fils a pris ce nom.

— Je rougis pour mon nom d'homme! s'écria le vieux Froissart en allant à pied au passage des Panoramas. Il monta l'escalier S, tira le manche de cravache qui terminait le cordon de sonnette; une jeune femme ouvrit; elle était enveloppée dans un cachemire jaune fané. Un bout d'épaule rose débordait. Ce bout d'épaule disait l'âge, la profession, les mœurs de Mme de Sainte-Sabine.

— Monsieur Jupiter, s'il vous plaît, demanda en rageant le vieux Froissart.

— Vous venez pour ses bottes?...

— Non, madame.

— Ah! c'est pour le dernier panier de vin?...

— Non, madame.

— Je vous *remets* à présent, vous venez pour le quartier de chevreuil?...

— Je suis son père.

— Ah! vous êtes le père de Jupiter? enchantée, monsieur, de vous voir si matin. Mais si vous désirez parler à monsieur votre fils, vous le trouverez au *Grand-Balcon*, sur les boulevards, à deux pas d'ici.

— Qu'est-ce que le *Grand-Balcon*, madame, s'il vous plaît?

— C'est le fameux estaminet...

— Très bien. O mœurs! ô mœurs!... J'ai l'honneur de vous saluer.

M. Froissart entra dans le grand estaminet du *Grand-Balcon*, et il ne vit pas son fils. Cependant Aristide Froissart y était, mais tant d'amis l'entouraient que son père eut quelque peine à le découvrir d'abord. Enfin il traversa des nuages de fumée de pipe, côtoya vingt tables, et parvint à s'asseoir auprès de son fils.

Aristide jouait au domino.

— Pourriez-vous sortir un instant?

— Ah! c'est vous, mon père.

— Pourriez-vous sortir un instant?

— Impossible dans ce moment : nous jouons la belle; monsieur me doit cinquante consommations. Mais parlez toujours.

— Ici? y songez-vous?
— Mais sans doute...
— J'ai à vous parler de choses très sérieuses.
— Raison de plus. Cela ne souffre pas de retard.
— Il s'agit de votre mariage, et vous voulez!...
— C'est vous qui voulez; moi, je ne veux rien. Domino! Reste à trente.
— Vous savez que je veux que ce mariage se fasse dans un mois. J'ai mes raisons.
— Très bien. A vous la pose, monsieur.
— Je ne puis, au milieu de ce bruit...
— Mais puisqu'il s'agit de mon mariage avec Mlle de Neuvilette, je vous comprends à merveille!
— C'est qu'il faudrait songer à vous présenter chez ses parents.
— Cela se fera. Je passe mon double six.
— Vous devez songer aussi à votre cadeau de noces; il faut que nous allions ensemble choisir.
— Nous irons. Domino!
— Ce n'est pas tout.
— Quoi encore?...
— Votre genre de vie...
— Mon père, vous allez me faire perdre.
— Cette maison, du faubourg du Roule...
— Garçon, un petit verre! Prendriez-vous quelque chose?
— La femme que vous allez épouser mérite tant d'égards...
— Voulez-vous lui donner un bon conseil? dit Aristide, engagez-la à ne pas m'épouser.
— Quel jour vous présenterez-vous chez M. de Neuvilette?
— Dans quinze jours, lui dit Aristide en lançant en l'air les dominos, car il venait de perdre trente consommations du coup. Et il ajouta :
— Mon père, si vous étiez mon ami au lieu d'être mon père, je vous jetterais ce petit verre au visage. Vous m'avez fait perdre... Mais, comme vous êtes mon père, je vais le boire à votre santé en vous priant de le payer.

CE QUE RENFERMAIT LA CORBEILLE DE NOCES

Il est essentiel de dire d'abord que le père Froissart, pendant les quinze jours qui suivirent, ne put parvenir à rencontrer son fils. Les nouveaux, les anciens logements furent inutilement fouillés; point d'Aristide. Les quinze jours s'écoulèrent, et il ne parut pas davantage. Désolé de ce contre-temps, le père Froissart n'alla pas moins chez M. de Neuvilette le jour convenu pour la rédaction du contrat; lui et son fils Aristide étaient attendus.

M. de Neuvilette, qui avait repris la poudre pour cette cérémonie, Mme de Neuvilette, toute parée dans le goût de Marie-Antoinette, et Adeline, vêtue simplement d'une robe de mousseline blanche, offraient la noble et touchante gravité commandée par le caractère de la journée. Ils se levèrent pour recevoir M. Froissart, qui les pria d'excuser son fils s'il n'était pas venu avec lui, mais il ne tarderait pas à paraître; le choix de quelques objets destinés à combler la corbeille motivait son absence.

— Que va-t-il arriver de tout ceci? pensait-il en donnant ces excuses aux Neuvilette. Il ne viendra pas, il est caché dans quelque café où il joue au domino. Je ne parviendrai jamais à mener à fin ce mariage.

La préoccupation de M. de Neuvilette était de savoir ce que pensait de son costume de marquis M. Froissart. Il l'avait mis, malgré sa terreur de M. Froissart, et il l'avait mis complet. Le brave homme ne pouvait s'imaginer qu'il ne courait pas le danger d'aller à l'échafaud en s'exposant ainsi aux yeux de l'ancien accusateur public. Ses yeux étaient sur les yeux de M. Froissart, qui, à son tour, à force d'être examiné par M. de Neuvilette, crut que celui-ci avait découvert en lui quelque partie de vêtement dont lui, Froissart, aurait hérité plutôt par le fait du droit de conquête que par le droit de naissance. Et malheureusement, il n'était que trop vrai en ce moment qu'il avait sur lui un jabot, une cravate de mousseline brodée, et une chemise qui avaient appartenu, avant la Révolution, au pauvre marquis. En sorte qu'il s'établit ce dialogue entre le marquis, tremblant pour ses habits de l'ancien temps, et le père Froissart, vêtu du linge de M. de Neuvilette.

— Vous ne m'en voudrez pas, monsieur Froissart, si, par un retour vers le passé, dans une circonstance tout exceptionnelle, j'ai mis un œil de poudre. Ma femme l'a voulu, ma fille...

— Comment, mais comment, monsieur le mar-

— *Comme nous nous sommes amusés* (p. 3).

quis, cela vous sied à ravir; cela vous rajeunit de dix ans. Moi sévère pour la poudre! quand j'ai pris aujourd'hui, par inattention, en m'habillant, une cravate dont vous reconnaissez peut-être le point...

Le chiffre du marquis de Neuvilette, brodé aux cornes de la cravate, s'étalait sur les parements du gilet rouge de Froissart.

— Je ne me souviens guère... C'est d'un joli goût... Vous êtes presque cravaté comme un marquis, monsieur Froissart.

— Il a reconnu sa cravate, pensa le vieux Froissart. Dans un instant, il va reconnaître sa chemise!

De son côté, le marquis de Neuvilette pensait :

— Il a pardonné la poudre, mais cet habit de soie! ce jabot! ce gilet à la sénéchale! cette épée!

Il reprit :

— C'est une scène de famille; j'y ai appelé le passé avec quelque plaisir, je ne vous le cacherai pas, avec quelque exagération peut-être. Mais après tout, ajouta-t-il, parce que vous portez ce beau diamant au milieu du jabot, comme c'est un peu la mode aujourd'hui, et parce que je porte au doigt celui-ci, monté en camée, faut-il véritablement nous regarder d'un mauvais œil?

— Est-ce qu'il aurait reconnu son diamant, se dit avec effroi le vieux Froissart.

— Nous en vouloir pour si peu! répliqua-t-il en abattant son jabot sur le diamant. Nous en vouloir! mais ces temps sont passés.

— N'est-ce pas qu'ils sont passés? répliqua M. de Neuvilette.

— Deux pauvres vieillards doivent aimer le supposer.

— Oh! oui, monsieur Froissart.

On sonna. Un domestique entra, et déposa sur une table un coffret de santal cerclé d'argent.

— De la part de M. Aristide Froissart, dit le domestique en se retirant.

La corbeille n'était déjà pas une corbeille, mais un coffret; premier affront fait à l'usage.

Il est vrai que, lorsque M. Froissart l'ouvrit, il s'en échappa un air délicieusement joué. C'était d'un timbre charmant; un orgue de fée.

M. Froissart, disons-nous, ouvre le coffret, et que voit-il d'abord; deux billes de billard. Il pâlit :

— Le jeu de domino n'est pas loin, pensa-t-il.

— Laissez; s'écria Adeline : donnez-moi cela.

Elle tourna les boules sur elles-mêmes, comme on le ferait d'une boîte, et elles s'ouvrirent : dans l'une était un voile d'une magnificence, d'une richesse de dessin à faire mourir d'envie Chantilly.

Dans l'extrême bande du voile était écrit, en petites lettres à jour :

Dessiné par moi, Aristide Froissart, à l'intention de mademoiselle Adeline de Neuvilette

Le cœur d'Adeline s'épanouit.

Dans l'autre bille était une paire de bracelets digne du voile. La chaîne qui formait le corps du bracelet était une suite de petites têtes ciselées avec un admirable goût, et chacune d'elles offrait le portrait d'une femme célèbre de l'antiquité.

Sur le fermoir, la pointe du burin avait gravé dans l'or :

Ciselé par moi, Aristide Froissart, et pour être offert à mademoiselle Adeline de Neuvilette.

— Il est plein d'attentions charmantes, dit Adeline en se jetant dans les bras de sa mère, qui dit à son mari, malgré la présence de M. Froissart :

— Monsieur le marquis, pour être du peuple, le Froissart a des manières de chevalier.

Le centre du coffret de santal contenait ces riches banalités dont il est à peine utile de dresser l'inventaire : parure en diamants, châles de cachemire, mouchoirs de batiste, robe de tulle, etc., etc.

Au fond du coffret reposait, enveloppé dans du papier de soie, un livre, qui passa aussitôt des mains de M. le marquis dans celles de sa fille.

Adeline l'ouvrit et lut. Elle lut ceci :

« Les trente-six manières de faire le punch, par Aristide Froissart, qui a écrit, imprimé et relié cet ouvrage, tiré à deux exemplaires dont l'un a été donné à mademoiselle Adeline de Neuvilette, et dont l'autre a été déposé dans la bibliothèque de l'estaminet hollandais. »

Les autres cadeaux avaient trop plu à Adeline et à sa famille, pour que ce petit volume, incartade d'un esprit bizarre, n'amusât pas au lieu de surprendre désagréablement.

C'était, du reste, un bijou typographique.

Enfin la corbeille enchanta, ravit, exalta tout le monde.

Le père Froissart aurait volontiers fait dans le bon temps un appel au peuple pour qu'il décernât à son fils Aristide les honneurs du triomphe. Il se borna à dire :

— S'il avait un peu plus de respect pour l'opinion publique!

Un seul nuage jeta son ombre sur le plaisir éprouvé par chaque personne. Ces précieuses choses enfermées dans le coffret de santal, et les bijoux, et les cachemires et le voile, tout puait horriblement le tabac.

On sonna de nouveau. C'était Aristide Froissart.

Après les politesses d'usage, Mme de Neuvilette pria qu'on la laissât quelques instants seule avec son gendre. On se retira. Froissart se trouva livré sans défense à sa future belle-mère.

— Vous savez, monsieur Froissart, dit Mme de Neuvilette, l'illustre origine de notre race, et la figure qu'elle faisait sous l'ancienne monarchie. Nous sommes gens de qualité. Je ne dis pas cela pour vous mortifier, mais pour vous inviter à avoir pour notre fille les égards les plus grands et les plus légitimes. C'est un trésor que nous vous donnons. A la faveur de son nom, vous pourrez pénétrer dans un monde réservé à la naissance, dans un monde où votre fortune ne vous aurait jamais permis d'entrer. Vous y serez, grâce à ma fille, favorablement accueilli. Si le sort ne nous eût pas été contraire, nous aurions eu le droit de marier notre Adeline à un gentilhomme, mais les malheurs du temps nous commandent d'être modestes et de sacrifier notre gloire à son bonheur. Vous la rendrez heureuse, car elle a tous les droits à l'être : son instruction est aussi étendue que si nous l'eussions destinée à épouser un prince. Ces belles qualités augmenteront encore le respect que vous aurez pour elle. Ne l'obligez point, ce serait l'avilir, à des soins domestiques indignes d'elle. Aimez-la avec vénération. Par là il arrivera que vous n'aurez point fait regretter à ses parents de vous l'avoir donnée.

Mme de Neuvilette se tut. Froissart lui répondit :

— Pourriez-vous me dire, madame la marquise, si mademoiselle votre fille sait raccommoder les chaussettes?

Mme de Neuvilette se leva avec fierté et sortit.

— Je m'aperçois d'une chose, se dit Aristide resté seul, c'est que lorsqu'on se marie, ce n'est pas sa femme qu'on épouse, c'est sa belle-mère. D'où je conclus que si j'épouse Adeline, je serai le mari de sa mère; très bien! mais qu'il arrive que me femme me vexe, et je m'en prendrai à ma belle-mère; et si ma femme me rend malheureux, je mettrai à la porte ma belle-mère. C'est cela! et si j'ai un enfant... je le ferai nourrir par ma belle-mère. Donc, je ne me marierai pas.

Il prit son chapeau et se leva pour sortir; mais la porte était fermée. Mme de Neuvilette, en s'en allant, avait par mégarde donné un tour de clef. Pendant le premier quart d'heure, Froissart espéra qu'on viendrait le délivrer; mais une heure se passa et personne ne parut. Au bout de la seconde heure, l'impatience s'empara de lui et il frappa de toutes ses forces aux portes de l'appartement. On ne pouvait pas l'entendre à la distance où il était des autres pièces. Cependant il se faisait tard; minuit ne tarderait pas à sonner; Froissart ouvrit une croisée : elle donnait sur un jardin. De cette croisée à la treille du jardin se plaçaient deux étages. Comment les franchir? Il aurait renoncé, quoique agile, à cette descente périlleuse, si, à force de chercher autour de lui, il n'eût aperçu, dans l'ombre du mur, un tuyau de conduite, dont il eut aussitôt l'idée de se faire une échelle. Du bas de la croisée, il passa, en s'accrochant à la jalousie, à ce tuyau qu'il embrassa et se glissa jusqu'à la treille du jardin. Une fois là, il gagna un mur, et, à cheval sur ce mur, il rampa de clôture en clôture jusqu'à la rue. Il sauta et tomba sur une patrouille grise.

— Nous vous guettions, lui dit le chef. Le coup a réussi. A la Conciergerie!... Mais n'êtes-vous qu'un voleur?

— Trouvez-vous que ce n'est pas assez?

— Vous pourriez être un assassin. Voyons avez-vous du sang sur vos habits? Vous en avez!

— C'est de mon sang; je me suis bessé à la main.

— Qui avez-vous tué?

— J'ai tué l'ennui d'être enfermé pendant deux heures dans un appartement.

— Pourquoi vous êtes-vous enfui?

— Pour éviter de devenir le mari de Mlle de Neuvilette, une des plus jolies demoiselles de Paris, mais qui a une mère.

— C'est un voleur qui contrefait le fou, s'écria le chef; conduisons-le à la préfecture de police.

Comme il n'était que minuit, beaucoup de personnes, qui sortaient du spectacle, s'étaient attroupées autour de la patrouille et se disaient en désignant Froissart :

— Comme il a l'air d'un forçat libéré!

Un autre ajoutait :

— C'est l'assassin des époux Mercier.

— Un troisième affirmait que Froissart lui avait volé sa montre l'hiver dernier.

Un quatrième se mit à dire :

— Ne voyez-vous pas que monsieur est en habit noir? Depuis quand va-t-on voler et assassiner les gens en habit? Monsieur me paraît plutôt revenir d'un rendez-vous d'amour que d'avoir fui le lieu d'un crime. Tenez, au bout de ces murs, il y a une fenêtre ouverte, une lampe; une jolie personne occupe cet étage. Je le sais, je suis du quartier. Allez à cette maison et informez-vous si monsieur n'y est pas connu.

Ce raisonnement ne déplut pas à la foule. Elle le fit adopter par le chef de la patrouille grise qui proposa aussitôt à Froissart de le confronter avec les gens de la maison d'où il s'était échappé.

OU EN ÉTAIENT LES CHOSES CHEZ M. DE NEUVILETTE PENDANT CE TEMPS-LA

Après avoir donné deux heures à son indignation, les deux fatales heures d'arrêt forcé qui avaient déterminé Froissart à prendre la fuite, Mme de Neuvilette descendit au salon et dit :

— Je ne veux pas de M. Aristide Froissart pour gendre. Mais d'où vient qu'il n'est pas ici? Voilà deux heures que je l'ai quitté...

— Deux heures! s'écria-t-on.. Où peut-il être?

Comme on se disposait à aller voir s'il était encore dans l'appartement où Mme de Neuvilette l'avait laissé, on sonna. C'était la patrouille grise qui ramenait Froissart.

— Connaissez-vous ce particulier? demanda le chef.

— Oui, monsieur, répondit la marquise.

— Vous manque-t-il quelque chose?

— Pourquoi cette question?

— Nous avons lieu de croire que monsieur vous a volé. Nous l'avons ramassé au moment où il franchissait un mur de jardin qui se prolonge jusque sous une fenêtre de votre appartement.

— Je ne m'explique pas bien, répondit Mme de Neuvilette, pourquoi monsieur a pris cette voie pour sortir, quand il avait la facilité de s'en aller par la porte de la maison; mais il est vrai, qu'il était ce soir dans le salon que vous me désignez.

Un murmure ironique se fit dans la foule.

— Madame a une fille, reprit le chef de la patrouille grise.

— Oui, monsieur.

— Jeune?

— Mais, monsieur...

— Fort jolie?...

— Mais, monsieur...

— Passionnée?

— Mais, monsieur...

— Suffit. Lâchez cet homme, commanda le chef à ses soldats. Ce n'est pas un voleur.

Et ce furent alors des rires confus, des propos malins parmi les mille témoins de cette scène, dont beaucoup habitaient le quartier.

La porte de la maison s'était refermée sur Mme de Neuvilette et sur Froissart, qui comprit dans quelle fausse et funeste position il venait de mettre, par son imprudence, Mlle Adeline. En entrant dans le salon, d'où elle avait tout entendu, Froissart alla vers elle, et lui dit :

— Ma foi! mademoiselle, ce que vous avez maintenant de mieux à faire, c'est de m'épouser. Dieu et la patrouille grise le veulent.

Cette fois, Mme de Neuvilette se garda bien de refuser son consentement.

Huit jours après, les mariés, les parents, les mariés et les amis des parents des mariés allaient en grande pompe à la mairie, où l'on fond la chaîne nuptiale, et à l'église, où on la rive.

UNE CROISÉE DU FAUBOURG SAINT-HONORÉ

L'hôtel Froissart avait deux corps de logis, ou, si l'on veut, deux pavillons demi-circulaires sur la rue, coupés par la porte cochère. Dans l'un habitait le concierge, dans l'autre un jeune homme parfaitement inconnu à son concierge, ce qui est beaucoup dire. Celui-ci ne savait que le nom de de son paisible locataire, M. de Villa-Réal. Ni visiteur indiscret, ni suscription de lettre trop significative, n'avait jusqu'ici répondu à l'inquiète et toutefois respectueuse curiosité de M. Turbot. Depuis dix-huit mois ce nom, qui pouvait être espagnol ou portugais, italien et même français, était la seule indication dont le vénérable M. Turbot avait dû se contenter.

Au moment où les voitures qui menaient les nouveaux mariés, leurs témoins et leurs amis, à la mairie et à l'église, franchissaient la cour de l'hôtel, M. Turbot, le concierge, s'était placé pour mieux voir sur le seuil de la porte de son pavillon, et le jeune locataire du pavillon opposé avait mis la tête à la croisée du sien.

Adeline de Neuvilette et sa mère étaient dans un landau découvert, si haut de forme que la gracieuse tête de la jolie mariée passa presque à la portée de la main du locataire. Dans ce moment, leurs yeux se rencontrèrent. M. de Villa-Réal poussa un tel cri d'admiration, en voyant Adeline si belle, que celle-ci rougit comme une groseille, elle plus blanche que son voile une minute auparavant. Si en ce moment son bouquet de fraîches fleurs d'oranger eût touché ses joues, il se serait changé en fleurs de grenadier.

GRAND SERVICE RENDU PAR UN CONCIERGE

A peine la file de voitures eut tourné le coin de la rue, que le jeune locataire du pavillon, surpris dans son existence calme, descendit dans la cour de l'hôtel, et s'adressant au concierge :

— Quelle est la personne?... dites!

— Ah! monsieur, comment pouvez-vous faire cette question? La personne, mais c'est notre propriétaire.

— Non, l'autre... l'autre...

— L'autre? c'est le père de notre propriétaire.

— Vous ne me comprenez pas...

— Si fait!... Mais c'est le beau-père de notre propriétaire.

— Je vous parle d'une femme...

— Eh bien! c'est la mère de la femme de notre propriétaire.

— Je vous demande, mon ami, dit M. de Villa-Réal, quelle est la jeune femme qui occupait avec une dame âgée la voiture découverte?

— Mais c'est votre propriétaire elle-même, maintenant Mlle Adeline de Neuvilette, dans une heure Mme Aristide Froissart.

— Elle se marie!

— Qu'y a-t-il d'étonnant à cela? Est-ce que madame votre mère ne s'est pas mariée?

— Je vous remercie, dit M. de Villa-Réal en rentrant dans son pavillon.

— En voilà encore au moins pour trois mois, pensa le concierge, quand le petit locataire, c'est le nom qu'il donnait à M. de Villa-Réal, fut remonté chez lui. C'est qu'en effet celui-ci n'était guère entré que deux fois en conversation avec son concierge depuis qu'il occupait le pavillon.

Il travaillait sans cesse, la nuit presque autant que le jour, se faisant apporter son dîner du restaurant voisin et son déjeuner par un petit domestique de couleur, auquel il ne parlait jamais que dans une langue qui faisait le désespoir de M. Turbot.

ARISTIDE FROISSART A LA MAIRIE

Une chose me plaît au milieu de tant d'autres qui me déplaisent; c'est la parfaite égalité établie par la loi à l'égard de ceux qui viennent contracter le mariage civil à la mairie. Ducs et roturiers, riches et pauvres, agents de change et chiffonniers, s'asseyent tous, en attendant M. le maire, sur des bancs de bois et appuient leur dos contre un mur tout nu.

Rien n'embellit les choses comme le bonheur : d'ordinaire personne ne remarque la nudité de cette salle. Nul ne remarqua ce jour-là que M. le maire avait le nez rouge et fendu comme un chien de chasse. Au contraire, M. de Neuvilette disait :

— Quel air vénérable cet homme!

Mme de Neuvilette ajoutait :

— C'est bien sûr quelque vieux gentilhomme!

Et quand M. le maire appela les époux Froissart, Adeline l'eût volontiers embrassé comme si c'eût été son propre père. Seul, Aristide n'éprouva pas au même degré cette émotion universelle.

— Je connais cet homme, murmura-t-il. Diable! si je le connais, je ne le connais que trop. C'est bien lui! Je ne connais que cela.

Comment l'éviter? Il essaya de se présenter de profil à ce grave magistrat, assis en ce moment dans son fauteuil et presque sur un trône. Le geste et l'attitude ne pouvaient se continuer longtemps, obligé, comme il l'était, de donner le bras à sa femme. Affectant un subit mal de dents, il voulut porter son mouchoir à sa bouche et de manière à cacher la moitié de son visage; il avait laissé son mouchoir dans son chapeau.

Froissart, désespéré, baissa la tête et s'avança jusqu'aux pieds du maire qui, prenant sa physionomie officielle, dit aux époux :

— Mes enfants, l'union heureuse et sainte que vous allez contracter... Il avait relevé la tête et reconnu Froissart. Il s'arrêta.

— Il m'a tuilé, dit Froissart.

— ...L'union heureuse et sainte que vous allez contracter... Le maire s'arrêta une seconde fois.

Cette seconde pause fut si longue que les autres mariés qui attendaient leur tour, commencèrent à murmurer.

— Sacrebleu! fit Aristide, de manière à n'être entendu que du maire, parce que vous m'avez fourni autrefois pour quinze cents francs de bottes que je ne vous ai pas payés, ce n'est pas une raison pour que vous ne me mariiez pas.

Le maire était un ancien bottier.

Celui-ci poussa un soupir et reprit avec la rapidité d'un écolier empressé de soulager sa mémoire :

— L'union heureuse et sainte que vous allez contracter est des plus graves. Vous, monsieur, vous devez assistance à votre femme; vous, madame, vous suivrez partout votre mari. Au nom de la loi, je vous unis.

Adeline, qui ne s'était aperçue de rien, salua en tremblant; Froissart dit au maire :

— Demain, faites présenter votre mémoire à mon hôtel. La dernière paire ne valait pas le diable : elle prenait l'eau de toutes parts.

ARISTIDE A L'ÉGLISE

Le hasard voulut que le jour où les nouveaux mariés pénétraient dans l'église, un convoi funèbre y entrait aussi, précédé à son tour d'un groupe qui allait faire baptiser un nouveau-né.

On connaît la cérémonie du mariage religieux. C'est pur comme l'antique. Le voile blanc, l'encens, le bouquet, les chants dans l'ombre, l'anneau d'or, tout a été conservé. Combien ce spectacle n'était-il pas encore relevé par la beauté virginale d'Adeline. La noble et décente fille remplissait l'église d'éclat, semblable à ces saintes qui sont tout rayons. Si elle détournait un instant la tête, c'était pour regarder sa mère et son vénérable père, à genoux, mêlant, dans une oraison fervente, le souvenir de son roi à celui de Dieu.

Quant au vieux Froissart, il disait la seule prière qu'il eût apprise pendant la Terreur :

— O nature, descends, gazon, et répands ta fécondité sur ces deux créatures.

Le prêtre, en offrant l'anneau, dit à Adeline :

— Mademoiselle, consentez-vous à prendre pour époux devant Dieu, M. Aristide Froissart?

On attendait la réponse d'Adeline, le *Oui* éternel, lorsqu'une voix qui sortait du baptistère, une voix d'enfant, en pleurant, en vagissant :

— Maman! ne te marie pas! maman, je ne veux pas que tu te maries. Oh! maman! maman!

Le prêtre, quoique peu superstitieux, recula de terreur; la foule se regarda, car tout le monde avait entendu. Que signifiait?...

Ce mouvement d'étonnement passé, on se dirigea vers le baptistère, et l'on vit que l'enfant baptisé dormait d'un sommeil profond.

C'était une hallucination un peu forte, il est vrai, mais après tout, il était insensé de s'y arrêter davantage. Après une demi-heure de confusion et de trouble, la cérémonie fut reprise, et cette fois Adeline put prononcer le *Oui* au milieu du silence universel.

Vint le tour d'Aristide Froissart. Le prêtre lui demanda :

— Aristide Froissart, consentez-vous à prendre pour épouse devant Dieu Mlle Adeline de Neuvilette?

Le *Oui* fut dit, mais il arriva du fond de la nef où était déposé le mort sur lequel se disaient les prières. « *Oui* », répéta cette voix sépulcrale, et elle ajouta : « Priez pour moi et pour elle ».

Ce fut une épouvante plus grande encore : sans le prêtre qui fit bonne contenance, tout le monde se serait précipité hors de l'église. Adeline serait morte d'effroi si Froissart ne lui eût dit tout bas :

— C'est moi qui m'amuse; je suis ventriloque.

Grâce à l'attitude courageuse que garda Adeline après avoir reçu cette étrange confidence, la cérémonie alla jusqu'au bout.

UN TÉMOIN INVISIBLE

Tandis que les convives prenaient place à la clarté d'un grand nombre de bougies autour d'une table chargée d'argenterie et de cristaux, le jeune duc Octave de Villa-Réal, accoudé sur sa croisée qui donnait sur la cour, plongeait son regard entre l'ouverture des rideaux du salon où se faisait la noce, et l'arrêtait sur le visage pâle, radieux, étonné, d'Adeline, reine de ce banquet. Il éprouvait une jalousie, une douleur, un désespoir semblables à la jalousie et à la douleur qu'il aurait ressenties s'il eût réellement connu Adeline depuis l'enfance. Sous la voûte obscure de la croisée, il gémissait de son mal comme d'une trahison. Si Adeline souriait parfois aux paroles qui se disaient autour d'elle, Octave s'irritait et éclatait en mouvements intérieurs de jalousie. Pourquoi ne l'avoir pas vue plus tôt? se disait-il, j'en aurais été peut-être aimé? être aimé d'elle c'eût été le bonheur pour toute la vie. Mais dans quelques heures elle sera Mme Froissart, la femme de mon propriétaire. Elle ne saura que j'existe que parce que je lui payerai exactement mon loyer de six cents francs. Quelle platitude après quel rêve!

Elle aurait fait son bonheur, disait-il, mais il n'ajoutait pas : J'aurais fait le sien.

Tous les hommes raisonnent à peu près ainsi. Qu'était après tout M. Octave de Villa-Réal? D'où venait-il? Il était comte, marquis peut-être? Belle réponse! Le chef des claqueurs d'un théâtre des boulevards est bien marquis. Quoiqu'il fût marquis ou comte, qu'était donc M. de Villa-Réal?

ARISTIDE FROISSART MANQUE OUVERTEMENT AUX USAGES

Avant de dire comment notre Aristide manqua aux usages, ce serait un regret pour nous de ne pas dire la haute estime où nous tenons celui des usages auquel il manqua.

C'est ordinairement au milieu du bal qui suit le repas des noces, entre minuit et deux heures du matin, quand toutes les femmes et tous les hommes décrivent, au son de la musique sur le plancher, des milliers de tourbillons, que les nouveaux époux disparaissent en valsant. Leur valse ne s'achève que dans la chambre nuptiale. Cela suffirait à nos yeux pour donner à la danse un caractère moral.

Le moyen en outre nous semble excessivement poétique : il est chaste et mystérieux pour tout le monde. Rien n'appelle l'attention. Cherche-t-on autour de soi la jeune fille qui dansait il n'y a qu'un instant? on est étonné de ne plus la voir; ou plutôt on n'est pas étonné : voilà ce que je voulais approuver et dire. Or, sans attendre le bal, Froissart et sa femme disparurent au dessert.

Personne, sur trois cents convives, ne remarqua que les nouveaux époux s'étaient éclipsés. Une telle distraction en dit plus sur l'état des esprits qu'avaient émus les vins de Froissart que toutes les peintures les plus hollandaises auxquelles on serait tenté de recourir pour exprimer l'heureuse ivresse des convives.

TANDIS QU'ON SE GRISAIT

Voici ce qu'éprouva Octave de Villa-Réal quand il vit se lever la mariée et Aristide Froissart l'accompagner discrètement; ce qu'il éprouva quand il vit se glisser la lumière d'un appartement à l'autre, deux ombres toujours se dessiner sur les rideaux, et enfin la lumière et les deux ombres s'arrêter dans la chambre à coucher; ce qu'il éprouva, ce fut d'abord :

Une secousse dans tous les membres, du froid dans les veines, et une défaillance universelle. Son premier mouvement fut de quitter l'hôtel pour toujours, de quitter Paris. Son second mouvement fut de rester.

On veut voir la profondeur de l'abîme qui s'ouvre sous les pieds, le feu qui consume la ville qu'on aime. Octave resta à sa croisée.

Une demi-minute s'était à peine écoulée que l'une des deux ombres, et il lui fut facile de juger que c'était celle du nouveau marié, quitta brusquement la chambre à coucher, repassa par les mêmes pièces, et reparut enfin au salon. Octave ne se trompait pas; c'était bien Aristide Froissart.

ÉTONNEMENT DES CONVIVES A SA VUE

Les uns se croyaient métamorphosés en eau-de-vie de Dantzick, les autres en vieux cognac, les femmes avaient l'œil diamanté, la lèvre en feu, l'oreille rouge, quand ils virent entrer dans le salon Aristide Froissart, coiffé d'un bonnet de coton, enveloppé dans une robe de chambre perse, les pieds dans des pantoufles de velours amaranthe. Mme de Neuvilette hennit :

— Qu'est-ce à dire? s'écria-t-elle. Où est ma fille?

— Elle est au lit, répondit froidement Froissart en s'asseyant dans un fauteuil qu'il poussa au milieu du salon, comme un homme qui se dispose à parler.

ARISTIDE FROISSART PARLE

— J'ai découvert, commença-t-il par dire, ce qu'est l'amour.

— Polisson! dit en elle-même Mme de Neuvilette.

Aristide répéta gravement :

— J'ai découvert ce qu'est l'amour. Savez-vous ce que c'est? une immense curiosité, rien de plus. Si les femmes se cachaient le nez, on mourrait d'envie de voir leur nez; on leur demanderait en pleurant de se laisser baiser le bout du nez. Tout cela parce qu'elles le tiendraient caché. Il est donc vrai que nous n'aimons dans les femmes que ce qu'elles dérobent à notre curiosité. L'amour lui-même n'est donc qu'une curiosité vague, immense... Mais voici pourquoi je vous dis tout cela en robe de chambre perse, en bonnet de coton et en pantoufles. Si je suis destiné à être ce que fut le doge Cornaro...

— Polisson! murmura la marquise.

— Si je suis destiné à cela, je ne le serai que par le fait de l'un de vous. Je vois d'ici tous ceux avec lesquels il est de raison que je passe ma vie. Si je dois être Marino Faliero, le futur amant de ma femme est assurément parmi vous.

— Polisson! polisson! cria cette fois Mme de Neuvilette... Vous êtes un gueux de parler ainsi de votre femme devant le monde, oui, un gueux, un manant. Monsieur le marquis! justice de cet insolent

Le marquis dormait.

— Belle-maman *Vinaigrette*, je n'ai pas fini.

« Le moyen le plus sûr de me mettre à l'abri de ce sot désagrément, reprit-il, c'est tout simplement de satisfaire votre curiosité. Je vais vous montrer ma femme absolument comme si c'était Diane ou Junon... Elle est assez belle pour cela... Venez, messieurs.

Froissart s'était levé et avait déjà pris un flambeau... Mme de Neuvilette lui en lança un autre à la tête. Ce fut alors un horrible choc d'injures et de menaces entre la belle-mère et le gendre. Honteux d'assister à cette scène de famille, les convives s'esquivèrent peu à peu sans attendre le plaisir du bal.

Le vieux Froissart s'était retiré le premier en disant :

— La conduite d'Aristide me prouve de plus en plus la nécessité d'une éducation nationale et profondément catholique.

Dès qu'il ne vit plus personne autour de lui, Aristide appela un domestique et lui dit :

— Rapportez le bœuf et apportez des pipes.

Ce à quoi *la Dernière Guitare* ajouta en chantant :

Mangeons du bœuf jusqu'à l'aurore,
Le projet me semble assez neuf :
Oui! que Phœbus nous trouve encore
Mangeant du bœuf.

Ce ne fut pas une médiocre surprise pour Octave de voir, après la fuite agitée de tous les invités, les domestiques de l'hôtel poser sur la table que n'entouraient plus que Froissart et ses trois amis, un énorme quartier de viande rôtie et des assiettes pleines de pipes et de tabac.

Les pipes furent chargées et allumées.

Bientôt Octave n'aperçut plus qu'à travers un nuage de fumée ce groupe qu'il croyait voir à chaque instant se lever et partir afin de permettre au nouveau marié d'aller rejoindre sa jeune épouse. Comme il n'avait jamais éprouvé aussi peu d'envie de dormir, il résolut de rester à sa croisée tant que durerait cette scène. Une heure, deux heures sonnèrent, et les quatre personnages ne cessèrent de battre les cartes, de boire des liqueurs, d'allumer leurs pipes. Cependant la lampe placée dans la chambre à coucher de la mariée répandait toujours sa lueur paisible au dehors.

— Est-elle seule? pensait Octave, et comment explique-t-elle l'étrange conduite de son mari?

« Que se passe-t-il dans son cœur depuis trois heures que son mari, au lieu d'être auprès d'elle, est plongé dans le plus ignoble passe-temps? On l'aura trompée, car il est impossible qu'une personne si belle, d'une nature si choisie, ait consenti à passer sa vie avec un semblable débauché? Pauvre enfant! triste victime de la pauvreté de ses parents! Mais la misère n'est-elle pas préférable à l'affreuse condition de prêter ses lèvres aux lèvres d'un misérable, infectant l'eau-de-vie et le tabac? quel supplice égal celui-là? Elle qui paraît digne des soins les plus délicats, dont le visage respire la candeur des filles élevées à l'ombre des bons exemples, elle que j'aurais écoutée, moi, avec la docilité d'un esclave, servie à genoux, adorée, oui, adorée. On dirait que celui qui l'a épousée ne se sent pas digne d'un pareil trésor, à l'incroyable lenteur qu'il met à le posséder. Mais les heures s'écoulent, et à chaque instant il peut me donner un cruel démenti. Non, non, cette femme n'était pas pour lui, il l'a achetée, il l'a volée, il me l'a prise.

Le duc Octave de Villa-Réal n'avait que vingt-deux ans, et il aimait pour la première fois.

De propos en propos solitaires, il s'échauffa tellement l'imagination, que sans avoir la conscience de ce qu'il fit, il enjamba le bord de sa croisée, posa deux pieds chancelants sur le mur du jardin, et au risque de se tuer en tombant sur le pavé de la cour, il parcourut le mur circulaire et arriva jusqu'au perron de la porte de la chambre d'Adeline.

Les volets n'étaient que croisés à l'espagnolette, il la soulève et les volets s'écartent; il pousse la porte vitrée; mais le bruit qu'il fait, quoique léger, est entendu, et l'on ouvre. En même temps une voix dit :

— Je croyais que vous seriez venu de l'autre côté.

C'était Adeline elle-même, qui, en reconnaissant son erreur, jette un cri et devient pâle.

— Monsieur! monsieur!...

— Madame, rassurez-vous, je vous en supplie.

— Qui êtes-vous? que me voulez-vous?

En prononçant ces paroles saccadées, Adeline cherchait à croiser plus étroitement son peignoir brodé.

— Encore une fois, monsieur, qui êtes-vous, que venez-vous faire ici?

— Je vous ai vue aujourd'hui pour la première fois, madame, vous alliez vous marier... Je suis logé dans un pavillon de votre hôtel... vous êtes revenue de la cérémonie... Toute la soirée, j'ai attaché ma vue sur vous par une fenêtre d'où je pouvais tout voir... Je suis devenu fou... j'ai vu le monde qui remplissait vos salons s'en aller en désordre... vous êtes restée seule dans votre chambre... votre mari joue aux cartes avec ses amis... Je vous ai dit que je suis fou... je vous le répète, car je vous aime, madame, je vous aime!

La figure bouleversée d'Octave disait encore mieux que sa voix l'état de son âme.

Jamais femme ne s'était trouvée dans une position aussi étrange. Entendre une protestation d'amour la nuit même de son mariage, à deux pas de son mari. Saisie par la terreur, elle n'avait pas la force de parler; ses grands yeux noirs, doux et effrayés allaient de la figure décolorée d'Octave à la porte de la chambre.

— J'ai commis une faute grave, je le sais, reprit Octave d'une haleine brisée, mais vous avez le moyen de m'en punir sur le champ; poussez un cri, tirez le cordon de cette sonnette, et je suis aussitôt entouré, saisi, tué par votre mari et ses amis. Je sais cela, madame... mais je vous aime. Qu'ils viennent, je ne me défendrai pas.

— Mais que voulez-vous de moi, monsieur?

— Rien, madame... J'ignore même comment je me trouve ici.

— Eh bien! monsieur, partez, je vous en prie, laissez-moi... vous ne voulez pas me faire mourir de honte!... Que dirais-je, s'il entrait.

— Je m'en vais... oui, s'il entrait! Oh! madame, pourquoi ne suis-je pas celui que vous attendez?

Quoique debout près de la porte du jardin, quoique décidé sans doute, à s'en aller sur la prière d'Adeline, Octave fit machinalement deux pas en avant, saisit sur un fauteuil la robe de noce de la jeune mariée, et la pressa contre son cœur, contre ses lèvres. Il pleurait.

Adeline n'avait déjà plus de colère, elle éprouvait de la pitié, une espèce d'intérêt involontaire; si elle portait encore ses yeux effrayés sur la porte, elle les ramenait avec bienveillance sur celui qui lui parlait comme on ne lui avait jamais parlé.

— Encore une fois, reprit-elle, mais avec une douceur ineffable, partez! partez!...

— Oui, mais dites-moi que vous me pardonnez!

— Oui!... mais partez!...

— Oui, et pour toujours... oui, je pars.. je quitte cette maison, Paris, cette nuit même.

Octave avait mis ses deux mains sur son visage, et ses pleurs coulaient à travers ses doigts.

— Madame, reprit-il, d'un ton désespérément calme, je suis le duc de Villa-Réal; si votre mémoire vous rappelle un jour mon nom, ce nom, du moins, ne sera pas une souillure dans votre souvenir. Adieu, madame! adieu!

Octave était tombé à genoux.

— On vient! s'écria Adeline, c'est mon mari! Oh! mon Dieu!... relevez-vous, monsieur, partez! En poussant un cri sourd, elle s'était baissée; son front rencontra dans ce moment la bouche d'Octave, qui exhala un gémissement déchirant.

Aristide entrait.

— Douze pipes! dit-il en secouant la cendre de la douzième à l'angle de la cheminée. Douze pipes... C'est beau, une nuit de noces. Si nous tapions de l'œil? ajouta-t-il en frappant sur l'épaule d'Adeline. Ma foi! j'ai sommeil, et toi?

Tout à coup Adeline prêta une oreille attentive. La porte de l'hôtel venait de se fermer.

— Qui peut sortir à cette heure-ci? se demanda Froissart. Lacervoise, Beaugency et *la Dernière Guitare* dorment tous les trois sous la table. Bonne nuit à tout le monde. Il souffla la lampe.

— Cour des Messageries, dit Octave au cocher du cabriolet qu'il prit sur la place Beauveau.

Retirée dans sa chambre avec le marquis de Neuvilette, Mme de Neuvilette songea à l'affront qu'elle avait reçu de son gendre; cette pensée lui tint lieu de trois tasses de café noir. Assise dans son fauteuil, auprès de la cheminée, elle triomphait du sommeil qui avait déjà vaincu M. le marquis. Quand elle le crut endormi, elle quitta sa place, pour aller fureter au fond d'un vieux coffret; elle en sortit sans bruit cinq ou six morceaux de bougie verte qu'elle plaça devant une petite image de saint, après les avoir allumés. Puis, elle s'agenouilla et entra en prières. Cette espèce de sabbat nocturne répandait une telle odeur et une telle clarté dans l'appartement, que le marquis s'éveilla; il se frotta les yeux, il écouta, écarta les rideaux et dit :

— Que faites-vous donc là, ma bonne amie?
— Vous le voyez, monsieur, je prie.
— Et pour quel motif, s'il vous plaît?
— Je prie le ciel que votre gendre soit un jour ce que vous n'avez jamais été pendant notre mariage, monsieur le marquis. Ma prière est finie, et j'ai raison d'espérer qu'elle sera entendue. Adeline est trop belle, de trop haute naissance, et notre gendre trop insolent pour que Dieu ne m'exauce pas.

LE RÉVEIL DE LA MARIÉE

Il était midi quand tous les domestiques furent introduits au salon où la jeune mariée, assise entre son père, sa mère et son mari, les attendait pour recevoir leurs hommages. Chacun d'eux débita son petit compliment. Quand vint le tour de M. Turbot, le concierge :

— Madame, dit-il, j'ai l'honneur d'être le gardien de l'hôtel et jamais, je l'espère, vous n'aurez à vous plaindre de mon exactitude à ouvrir à votre équipage, quand vous rentrerez la nuit.

— A propos, monsieur Turbot, interrompit Froissart, qui est donc sorti cette nuit à trois heures?

— C'est le jeune locataire qui est logé dans le pavillon vis-à-vis du mien qui a demandé à sortir. Quand je dis qu'il est sorti, je me trompe, je devrais dire parti, car ce matin j'ai trouvé dans ma loge, cent cinquante francs pour payer son terme et quarante francs pour moi.

Adeline écoutait et elle s'assurait enfin que la scène de la nuit dernière n'était pas un rêve.

« C'est une perte, reprit le concierge, un petit mais un bon locataire. Je ne comprends rien à son départ. Il ne m'a pas averti; tous ses meubles y sont encore. Cependant sa manière d'agir prouve qu'il n'a plus l'intention de revenir. Faudra-t-il mettre l'écriteau?

— Tu es fou, lui dit Froissart; puisqu'il n'a pas donné congé, c'est qu'il veut garder l'appartement. N'est-ce pas, Adeline?

— J'ignore, moi... je ne connais pas les usages... mais je suis de votre avis... il faut attendre.

— Qu'est-ce donc que ce locataire? demanda Mme de Neuvilette, un jeune homme, dites-vous?

— Un charmant jeune homme, répondit Mme Turbot, bon, doux, poli, tranquille; depuis six mois il n'était pas rentré une seule fois après onze heures. Il n'est pas pauvre, madame, tout son service de table est en vaisselle plate. M. de Villa-Réal est loin, fort loin d'être pauvre.

— De Villa-Réal, s'écria Mme de Neuvilette, mais c'est le nom d'une des premières familles du Portugal.

— Mon ami, dit Adeline au concierge, je vous remercie de votre bouquet et de vos vœux : gardez-nous toujours bien...

Comme le concierge et sa femme se retiraient, le jardinier les arrêta et prit texte des derniers mots qu'il venait d'entendre.

— Empêchez donc, dit-il, puisque vous gardez si bien la maison, monsieur Turbot, qu'on ne vienne la nuit, pétrir mon gazon et jeter à bas mes vases de marbre.

— Quoi donc! dit le concierge, qu'y a-t-il?

— Il y a que cette nuit un voleur a suivi le mur du jardin jusqu'à la porte de la chambre à coucher de madame, il suffit de voir pour s'en convaincre la trace de ses pieds, et que dans ce trajet un vase a été renversé et brisé.

— Je gage ma tête que personne n'est entré à cette heure-là! s'écria M. Turbot, si c'était un voleur, il aurait pris quelque chose : que manque-t-il ici?

— Je ne sais pas ce qu'il manque, mais je dis qu'on a foulé le gazon et cassé un vase.

— Une des personnes qui dînaient ici hier, intervint Froissart, sera allée se promener au jardin et aura laissé les traces dont vous parlez.

— En tout cas, reprit le jardinier, cette personne-là a dû se blesser quelque part, en voulant s'accrocher au vase qu'elle a fait tomber, car il y a beaucoup de sang à cet endroit du jardin.

— Nous saurons cela... Adieu, mon bonhomme.

— Il ne faut donc pas mettre l'écriteau sous le pavillon du jeune locataire? redemanda à Adeline le concierge en s'en allant.

— Non, dit Adeline d'une voix étouffée.

SIX MOIS DE LA VIE DE FROISSART EN MARIAGE

La salle à manger devint un estaminet, et le salon de réception une salle de billard. On lut sur chaque porte : *Ici l'on peut fumer.*

Enfin, sa belle maison, cessa d'être un hôtel pour se transformer en un restaurant et en un café. Le maître de ces divers établissements, ce fut lui, Aristide Froissart... Et quelle vie il mena!

— Ma petite, dit-il à Adeline quelques jours après son mariage, j'ai assez vécu de privations pendant ce qu'on appelle le printemps de la vie, je prétends me dédommager. Veux-tu te laisser être heureuse avec moi? Cela dépend de toi. Je n'ai, grâce au ciel, aucune profession, et j'aime tous les plaisirs. Si tu consens à les partager, je ferai de toi un joyeux compagnon. Je t'ai dit la carte, choisis.

Sans attendre la réponse d'Adeline, Froissart avait divisé les jours de la semaine en dîners et en réceptions qu'elle présiderait.

On entrait dans la saison d'hiver; Froissart mit à exécution son plan d'existence. Depuis cinq heures du soir jusqu'à trois heures du matin, ses salons ne désemplirent pas.

Ce joyeux monstre-là forçait son pauvre beau-père et sa très hargneuse belle-mère à tenir table au delà des forces humaines et à boire jusqu'à extinction.

Octave n'avait plus reparu à l'hôtel depuis la nuit de noces d'Adeline. Trois mois s'étaient écoulés, et sa disparition aurait pu être considérée comme définitive, si, quelques jours avant l'expiration du terme, une personne ne se fût présentée en son nom pour payer le loyer et prévenir que l'appartement continuerait à rester à sa charge.

Par une attention qui toucha M. Turbot jusqu'aux larmes, Octave avait ordonné à la même personne de lui compter quarante francs de gratification.

Répété par toute la domesticité, ce trait de générosité parvint jusqu'à Adeline, qui profita bientôt d'une occasion pour adresser quelques questions au concierge.

Elle lisait auprès du feu, quand M. Turbot entra un matin pour lui dire que, l'orage de la nuit précédente ayant emporté beaucoup de tuiles, il était urgent de faire appeler les couvreurs.

— Faites venir les couvreurs, répondit Adeline, et que tous les dégâts soient réparés dans la journée.

— Dans la journée! y songez-vous, madame? Madame ne connaît pas l'hôtel. C'est un monde... Vingt pièces mansardées, puis les écuries, puis les remises, puis les deux pavillons.

— Prenez deux jours, quatre s'il le faut.

— Il en faudra dix au moins! Tenez, madame, je vous dirai, avec votre permission, qu'il vaudrait mieux que cet hôtel m'appartînt que le voir négligé ainsi qu'il l'est depuis quelque temps. Vous m'excusez, n'est-ce pas, madame?

M. Turbot venait d'indiquer une des plaies du caractère de Froissart, la négligence, la paresse, le dédain des choses sérieuses.

— Vous avez raison, monsieur Turbot, mais M. Froissart est trop occupé en ce moment. Il se repose beaucoup sur mon père, sur moi...

— En ce cas, répliqua M. Turbot, vous ne feriez pas mal, madame, de prendre la peine de venir reconnaître avec moi les endroits qui ont le plus besoin de réparations.

— Je le veux bien, répondit Adeline. Elle l'accompagna donc partout, prenant des notes au crayon, arrêtant les travaux à exécuter, charmant M. Turbot par son esprit d'ordre et sa prévoyance.

— N'avons-nous rien oublié? lui dit-elle en rentrant.

— Je ne pense pas, madame.

— Ne m'aviez-vous pas parlé de pavillon?...

— Ah! oui, madame, de celui qu'habitait M. de Villa-Réal. Quel brave jeune homme! Où est-il? quand reviendra-t-il?

— Des affaires d'intérêt l'appelaient sans doute dans son pays.

— Lui des affaires d'intérêt! Ah bien oui! il n'avait pas l'air d'un négociant.

— Des affaires de famille, alors...

— Plutôt cela. Il est peut-être allé se marier. Toujours est-il que celle qui l'épousera n'aura pas fait un vilain rêve. Beau, rangé, tranquille, doux, poli comme dans l'ancien régime. Il ne faut que voir son logement.

— Mais ne me disiez-vous pas que l'orage avait causé quelques dégâts à son pavillon?

— Toutes les tuiles emportées.

— Les carreaux sont peut-être brisés aussi?

— Vous m'y faites penser, madame; et alors vienne un nouvel orage, l'eau gâtera tous ces beaux tapis, tous ces jolis meubles. C'est que c'est au moins aussi beau qu'ici, madame.

— Il conviendrait donc, mon ami, de prendre des précautions.

— Si j'avais osé faire traverser la cour à madame, — mais le pavé est si froid, si humide, — je l'aurais priée de visiter avec moi le pavillon.

— Attendez, dit Adeline en jetant un châle sur ses épaules, nous allons monter dans l'appartement de M. de Villa-Réal. C'est un devoir.

— Oui, madame, c'est un devoir. Je vous suis, madame, je vous suis.

Descendue dans la cour avec son concierge, Adeline la traversa, se fit ouvrir la porte du pavillon. Quand cette porte se fut refermée derrière elle, elle éprouva au cœur un sentiment aussi doux, mais plus inquiet encore peut-être, que celui dont elle fut agitée la nuit où M. de Villa-Réal se jeta à ses pieds et lui parla d'amour en pleurant.

ARISTIDE FROISSART SE MONTRE PROFOND MORALISTE

Une nuit qu'Aristide achevait de savourer un bol de punch après avoir lu son journal du soir, il se prit à dire :

— Les choses sont donc ainsi arrangées dans ce monde moral ou immoral, qu'on voit, sans motif raisonnable, sans explication possible à donner, des gens qui ont :

Les uns : Un hôtel, maison de campagne, le plaisir du spectacle, frais l'été, chaud l'hiver, tous les contentements. Tout.

Les autres : Une pierre, un arbre des boulevards, où se pendre, le spectacle du plaisir d'autrui, chaud l'été, froid l'hiver, toutes les peines. Rien.

— Pourquoi cela? se demanda Froissart. Oui, pourquoi? Parce qu'il y a un Dieu, disent les uns. Parce qu'il n'y a pas de Dieu, répondent les autres.

Qu'il y en ait ou qu'il n'y en ait pas, il existait jusqu'ici une compensation aux privations, aux douleurs dévolues à ceux qui représentent le plus grand nombre. La Chambre des députés a aboli cette compensation; c'était l'espérance. Une loi a abrogé l'espérance en interdisant la ferme des jeux. Dira-t-on que je me trompe, qu'il est toujours permis aux gens qui n'ont rien de penser qu'ils seront un jour logés rue Laffitte, entre cour et jardin, au fond d'un hôtel de marbre? Mais ceci n'est pas de l'espérance, c'est de la folie. Le jeu, voilà l'espérance logique, réelle, celle qu'on voit, qu'on touche, dont on se rend nettement compte. On sait où elle est logée, son étage et son numéro sont connus : on sonne.

— Que demandez-vous?

— L'Espérance.

— Montez; elle vous attend.

Mais, dira-t-on, ceux qui perdent au jeu se pendent, se noient, s'empoisonnent de désespoir. Vous avez donc trouvé le moyen de faire que ceux-là ne se pendront plus, ne se noieront plus, ne s'empoisonneront plus pour cause de misère, parce que vous avez supprimé les jeux du hasard, cœurs tendres, âmes sensibles? O législateurs, vous avez secoué le vieil arbre pourri, mais si faiblement qu'au lieu de le renverser vous avez fait tomber le seul fruit qui lui restât... Et Aristide laissa lourdement tomber sa tête et s'endormit sur la table.

Il réunit le lendemain son beau-père et sa belle-mère en conseil de famille.

— Ici l'on joue!

C'est par ces mots qu'il ouvrit la séance.

— Comment! ici l'on joue! reprit Mme de Neuvilette. Qu'entendez-vous par ces paroles?

Adeline soupira.

— Oui, ici l'on jouera à la roulette, reprit Froissart. Vous savez, ou vous ne savez pas, que les maisons de jeu du Palais-Royal et Frascati viennent d'être fermées par ordre du gouvernement. Eh bien! ma maison s'ouvre dès demain aux joueurs exilés.

— Votre hôtel deviendrait un coupe-gorge?

— On ne coupera aucune gorge, chère belle-maman *Violette*, on s'amusera ici en nous enrichissant. Les résultats sont sûrs, venons aux moyens. J'ai besoin de votre aide à tous, de toi d'abord, mon Adeline.

Adeline rougit, car elle avait le pressentiment de ce que son mari allait exiger d'elle. Elle n'aurait pas demandé mieux que de l'excuser, et même de l'aimer un peu, s'il eût été moins désordonné, ne voyant rien en lui qui fît jusqu'ici présumer l'intention de la déshonorer par calcul, ainsi que le supposait sans cesse Mme de Neuvilette, sa mère.

— Nous! reprit celle-ci, nous, tremper nos mains dans une telle infamie!

— Vous ne tremperez les mains que dans l'or, belle-maman *Maigrette*. Père beau-père, je veux vous en faire prendre un bain jusqu'à la cheville.

— Monsieur de Neuvilette, mettez-vous donc en colère!

— Oui, ma mie, répondit le vieux Neuvilette, qui voulait avoir un motif avant de se mettre en colère. D'ailleurs il ne détestait pas son mauvais sujet de gendre. Il avait été jeune et marquis, il possédait un grand fonds d'indulgence pour les folies de jeunesse.

— Si nous connaissions, reprit-il, ce que projette Aristide, nous pourrions mieux en juger, ce me semble!

— Bien dit! mon cher beau-père; vous allez tout connaître. Le gouvernement perd du coup huit ou dix millions par an en supprimant les jeux; il s'agit de les recueillir. C'est facile comme bonjour. Nos salons sont respectables...

Mme de Neuvilette poussa un soupir.

— Une roulette, quatre banquiers, dont vous et moi serons, dit Froissart parlant à son beau-père, et notre fortune est faite sans que le gouvernement en sache le premier mot. Quand il se ravisera, nous serons décamillionnaires.

— M. le marquis serait le banquier de la roulette! interrompit la marquise indignée. Je lui arracherais les yeux.

— Mais vous aussi vous serez banquière dans la salle des dames, chère maman *Raquette*.

— Moi! moi! moi! Ah! c'est trop fort. Je m'en vais. Suivez-moi, Adeline. Monsieur de Neuvilette, prenez mon manchon et sortez avec nous.

Froissart retint Adeline, tout émue et désolée de cette scène de famille.

— Mon ami, dit-elle à Aristide, vous nous faites bien du mal à tous.

Mme de Neuvilette était revenue sur ses pas.

« Et quel rôle lui destinez-vous dans votre abominable comédie? dit-elle en désignant sa fille.

— Je gardais ceci pour la fin, pour le bouquet, répondit Froissart. Le rôle que je lui destine? Celui de belle femme.

— De belle femme!... qu'est-ce à dire?

— Quand autrefois vous étiez jeune, reprit Froissart, il y a longtemps...

— Oui, votre père était alors tavernier.

— Restaurateur. Quand autrefois vous étiez jeune, belle-maman *Trompette*, et qu'on cherchait à vous marier, ne vous exposait-on pas aux yeux des jeunes gens avec le plus d'avantages possible? ne leur montrait-on pas vos épaules, vos bras, vos pieds?

— Mais, impertinent! votre femme n'est pas à marier.

— Vous m'interrompez toujours. C'était une bonne affaire que se ménageaient vos parents, en vous étalant ainsi à la curiosité publique, n'est-ce pas? C'est aussi une bonne affaire que je prétends faire en voulant que ma femme appelle ici par ses grâces, son esprit, son amabilité, les nombreux joueurs qui doivent nous emmillionner.

— Prostituer votre femme, notre fille! grand Dieu! grand Dieu!

De l'indignation rouge, Mme de Neuvilette était arrivée au désespoir; elle pressait sa fille dans ses bras, et toutes deux se lamentaient.

— Je n'aime pas les tragédies, dit Froissart. On a bien du mal à vous faire heureux. Qui parle de prostituer ma femme? Je veux en faire un beau tableau pour mes salons, un ornement utile... C'est du bon temps, du plaisir que je vous ménage à tous, et vous m'abominez, vous me lapidez! N'écoute pas ta mère, ajouta Froissart en pinçant les joues d'Adeline, c'est à ton bonheur que je travaille. Tu auras d'abord les plus belles toilettes de Paris; je t'ai acheté vingt robes de soie flambantes; le coiffeur viendra tous les jours. Demain on t'apportera quatre parures en diamants.

— Ma fille est perdue; C'est une honte; j'en appellerai au roi! je me jetterai aux pieds de Sa Majesté!

— Puisque la vôtre ne veut pas de ce bonheur, belle-maman *Aigrelette*, reprit Froissart, toujours aussi calme, je ne prétends pas l'y contraindre; quittez-moi, séparons-nous.

Le vieux Neuvilette baissa l'oreille. La conclusion ne lui allait pas du tout.

— Vous reprendrez, termina Aristide, votre chambre au cinquième étage, vous rallumerez votre petit feu de cotrets, vous rentrerez dans votre noble misère. Bien entendu que je garde Adeline. Vous y réfléchirez, ajouta-t-il en levant la séance.

... Quand le gouvernement tolérait les jeux à Paris, il n'existait que cinq ou six maisons où l'on jouât. Depuis leur supression, plus de cent maisons sont prises chaque année en flagrant délit de jeu. C'est que le mal que fait le gouvernement, il le fait bien; et que le bien qu'il fait, il le fait mal.

SUIVONS ARISTIDE FROISSART

Afin de suffire aux nouvelles dépenses qu'entraînait l'achat de l'immense matériel d'une maison de jeu, montée comme il l'entendait, Froissart emprunta cent dix mille francs sur son hôtel; mais ils lui furent prêtés à un taux si élevé, qu'à l'heure de la restitution ces cent dix mille francs ressemblèrent beaucoup à cent cinquante mille.

Aristide oublia une chose, une seule, en devenant banquier clandestin d'une maison de jeu; c'est qu'il fallait avoir beaucoup d'argent pour en gagner aux autres; qu'il fallait leur montrer constamment quarante mille francs en or pour, chaque jour, leur en arracher mille ou quinze cents. Les cent dix mille francs empruntés sur son hôtel avaient trop vite coulé par d'autres issues pour qu'il restât encore assez d'argent à Froissart, obligé de remplir les conditions d'un banquier des jeux.

Après d'inutiles demandes à son père, Jean-Cascaret Froissart, il lui adressa une seconde page des fameux mémoires, espérant qu'elle produirait sur lui le même effet que la première. Il eut soin de répéter le titre :

Mémoires de mon père, Jean Froissart,
accusateur public en 93.

« La première famille innocente que mon père, Jean Froissart, fit jeter dans les prisons de l'Abbaye, en 93, fut celle du comte de... »

« C'est bien! » murmura le vieux Froissart; et il tira de son portefeuille quarante billets de mille francs.

Le lendemain, un vicaire de Saint-Thomas-d'Aquin les remettait discrètement à Aristide, extraordinairement surpris du choix de l'intermédiaire. « Est-ce que mon père deviendrait dévot? se dit-il, où allons-nous? »

PREMIÈRE SOIRÉE

M. et Mme de Neuvilette et leur fille Adeline ne s'étaient pas quittés depuis leur entrevue avec Aristide, qui était parvenu enfin à inaugurer sa première soirée. A neuf heures, les deux battants de la grande porte de l'hôtel s'écartèrent, et une file de voitures circula dans la cour illuminée. Dès ce moment, ce fut un murmure perpétuel de voix criant :

— M. le marquis et Mme la marquise de Cabesterre! M. le comte et Mme la comtesse de Fromenville! Mme la baronne de Radicoffani!

A ces noms illustres et sonores, la marquise de Neuvilette leva la tête et dit :

— Mais, Dieu me pardonne, monsieur le marquis, ce sont des gens de qualité.

A peine avait-elle exprimé son admiration, que la porte de la chambre s'ouvrit, et que Froissart, en habit à la française, suivi de quatre domestiques tenant des flambeaux d'argent, parut en disant :

— Aurais-je l'honneur de conduire au salon Mme la marquise de Neuvilette? on n'attend plus qu'elle pour commencer la soirée.

Tandis qu'il achevait sa phrase, un homme d'un air tout à fait respectable offrait le bras à Adeline, qui baissa la tête et accepta.

La première soirée fut étincelante.

La seconde soirée orientale; mais quelqu'un vola, par distraction, un flambeau d'argent.

La troisième soirée rapporta dix mille francs de bénéfice à Froissart.

La quatrième soirée fut marquée par un léger incident : le prince de Lahore fut trouvé porteur de fausses cartes.

Arrivons à la quinzième, celle où Froissart réalisa trois cent quarante-cinq mille francs de gain. « Si cela continue, dit-il en se retirant dans ses appartements, j'achèterai le château de Chambord, qui est à vendre. »

C'est à ce moment de prospérité qu'il entra un matin chez son beau-père, suivi de deux domestiques portant une aiguière et une serviette.

— J'avais promis de vous faire prendre un bain

d'or, lui dit-il, je viens tenir ma promesse; ôtez vos pantoufles et vos bas.

— Mais...

Il fallut que le marquis plongeât ses pieds dans l'or et réalisât la métaphore de son gendre : ce qui fut fait. Le marquis prit un bain d'or jusqu'à la cheville.

Le mois qui suivit ne ressembla pas au premier. Pendant la première quinzaine, Froissart perdit quatre-vingt mille francs et on lui vola trente-trois couverts à filet.

Pendant la seconde quinzaine, il perdit encore cent trente mille francs. A cette époque de fâcheuse décadence, un soir qu'il avait groupé devant lui le produit de la vente de tous les bijoux de sa femme, vendus dans la matinée pour former la masse de la banque, et une somme d'environ soixante mille francs déjà gagnée dans la soirée, une grande rumeur agita la salle. Aussitôt on vit des gens passer de la table à jeu à la croisée afin de ne pas paraître jouer, d'autres prendre des poignées de cartes et les lancer dans le feu. Dans le même temps, des mains furtives se jetèrent sur l'or des mises. Ce fut un pillage d'effroi, et tous ces gestes cupides se faisaient au milieu des cris étouffés, d'avertissements dits à voix basse.

La cause du trouble était ceci. Le procureur du roi, suivi du préfet de police et de plusieurs commissaires, entrait dans les salles de jeu dont chaque issue était déjà gardée.

On devine ce qui s'ensuivit : tout fut saisi. Plusieurs joueurs furent à l'instant même arrêtés. On aurait conduit avec eux en prison Aristide Froissart, sa pauvre femme à demi morte de frayeur et honte, M. et Mme de Neuvilette, si un personnage à la parole grave, aux manières dignes, ne fût intervenu pour les protéger. Adeline, en le reconnaissant, passa de l'épouvante à la stupéfaction.

Ce jeune homme qui répondait pour eux tous et les sauvait d'un commencement de déshonneur, c'était le duc de Villa-Réal.

— C'étaient donc des escrocs! s'écria Mme de Neuvilette, quand un peu de sang-froid lui fut revenu, quelques minutes après la descente de la justice : vous m'avez fait dame d'honneur d'une cour d'escrocs! vous avez institué M. le marquis banquier d'une société d'escrocs! vous avez fait de ma fille, de votre femme, la reine d'un salon d'escrocs! Quel châtiment, monsieur, ne méritez-vous pas!...

— Avouez pourtant, belle-maman *Squelette*, reprit Froissart, que vous vous êtes bien amusée pendant deux mois.

— Des escrocs, vous dis-je, des escrocs!

— Franchement je ne savais pas, chère belle-maman, que ce fussent précisément des escrocs. Vous y avez été trompée comme moi. Après tout, ajouta-t-il, convenez qu'il n'y a plus guère de la gaieté, de l'entrain, de l'esprit, que chez ces gens-là. Tout l'esprit du dix-huitième siècle, toute la véritable gaieté française s'est réfugiée chez les voleurs.

— Vous périrez sur l'échafaud! telle fut la réponse de Mme de Neuvilette.

— Et si jamais je suis pendu, répondit celui-ci, je sais bien qui tirera la corde.

RETOUR DE M. DE VILLA-RÉAL

En arrivant à Lisbonne, M. de Villa-Réal apprit la mort de son père, qui possédait des mines de diamants au Brésil. Il hérita d'une fortune qu'aucun chiffre ne peut limiter. Si le bonheur s'appréciait au carat comme les diamants qu'il possédait, personne n'eût été aussi heureux que le jeune duc de Villa-Réal. Tout ce que ces immenses richesses lui valurent moralement, ce fut une position, des titres, des dignités sans nombre; avantages presque imperceptibles, car il était duc depuis des siècles, et plus fier de sa naissance que de ses millions.

Extrêmement avare, son père, lorsqu'il vivait, ne lui faisait qu'une pension de deux mille francs par mois, avec laquelle il était forcé de vivre à Paris, puisqu'il voulait y vivre malgré les antipathies de sa famille pour la France. Quoiqu'il ne fût pas en position, il n'était pas moins connu dans les salons diplomatiques comme l'étranger le plus versé dans les affaires de la politique européenne, et comme l'homme en qui la cour du Brésil mettait une confiance qui l'élevait presque au rang d'ambassadeur de famille.

Après avoir donné à la douleur le temps exigé par la tendresse et le respect, le duc de Villa-Réal avait quitté immédiatement Lisbonne pour revenir à Paris, où son projet était de vivre et de dépenser somptueusement la millième partie de ses revenus... Mais son projet était de voir Adeline, de la voir toujours. Il entrait à peine dans son pavillon, sa chaise de poste était à peine cachée sous la remise, qu'il fut témoin du terrible démêlé de Froissart avec la justice. Favorablement accueilli dans le monde où il avait lié de hautes amitiés, il avait pu étendre sa protection sur la famille, dont il était encore le locataire, et lui épargner l'infamie d'une arrestation. M. et Mme de Neuvilette n'avaient rien compris à cette intervention presque miraculeuse. Froissart s'était dit :

— On est, ma foi! bien sot de tant s'effrayer; il y a toujours quelqu'un dans la vie pour vous tendre la main quand vous allez glisser.

Adeline s'était dit tout bas :

— Mon Dieu! quel malheur qu'il ait vu notre honte!

FROISSART ET SA FEMME

— Eh bien! bonne, dit-il à Adeline d'un ton amical et presque repentant, nous n'avons pas été heureux l'autre soir. Il faut nous consoler. Et puisque tu partages avec moi les contrariétés de ce coup du sort, il doit me paraître plus léger...

Ce début toucha Adeline.

Elle lui tendit la main avec bonté.

— A la bonne heure! toi, tu ne me déchires pas comme a fait ta mère : quelle femme!

— Il faut l'excuser, mon ami; ma mère est une personne d'un autre temps : elle ne comprend pas les folies de la jeunesse. Elle ne sait pas comme moi que vous avez le cœur excellent, que vous m'aimez...

— Mais c'est parce que je t'aime, interrompit Froissart, que je me suis embarqué dans cette affaire. Que voulais-je? que veux-je encore? que ma maison ne soit pas une galère pour moi, une prison pour les autres, l'arrière-boutique d'un épicier. Parce que je n'ai pas réussi au premier début, ce n'est pas une raison pour m'en vouloir. On accorde trois débuts aux acteurs. Tu ne m'en veux pas?

— Non, mais à l'avenir, mon ami, essayons de vivre autrement...

— C'est que tu ne peux pas être heureuse autrement. Je te connais mieux que tu ne te connais.

— Ne dites pas cela. C'est si bon la satisfaction domestique qui résulte de l'économie, du choix des amis...

— Tu ne sais pas, ma parole d'honneur, combien tu étais ravissante de joie, étonnante de beauté, au milieu de toutes ces femmes.

— Les convenances demandaient, mon ami, que je me montrasse parée, gaie, contente; d'ailleurs ne l'avez-vous pas exigé?

— Tu dansais par force, soit! mais qui est-ce qui danse comme toi? tu étais aimable par force, mais qui est-ce qui est aimable comme toi? tu...

— Mon ami, ne songez plus à cette existence-là; voyez les chagrins qu'elle nous a attirés...

— Notre malheur est réparable.

— Oui, mon ami, par l'emploi de sages moyens.

— Par les mêmes moyens.

— Que dites-vous? vous vous proposeriez...

— Il n'est pas encore temps de s'expliquer là-dessus. Mais écoute-moi...

— Avant de vous écouter, mon ami, permettez-moi de vous conseiller une démarche que la politesse vous engage à faire sans retard. Nous devons à la générosité de M. de Villa-Réal la faveur de n'avoir pas été traînés devant les tribunaux.

— Mais je comptais bien aller le remercier.

— Alors vous avez prévenu mon désir; mais vous auriez dû déjà remplir cet acte.

— Comme nous nous rencontrons à merveille! Je venais justement chez toi pour te prier d'aller toi-même le remercier.

— Moi!

— Une femme s'acquitte toujours mieux de ces démarches-là. C'est moins sec.

— Je ne pense pas comme vous... Lui-même, M. de Villa-Réal, trouverait étonnant... déplacé...

— Va! il sera infiniment plus flatté de ta présence que de la mienne.

— Je n'irai pas, je vous l'affirme, chez M. de Villa-Réal. Il est inutile d'y penser.

— Eh bien! j'irai, puisque tu ne veux pas y aller. L'affaire eût été plus délicatement conduite par toi; par moi elle ira plus rondement. Je lui dirai en bon voisin de venir dîner chez moi quand il lui plaira, de ne pas plus se gêner enfin avec moi que moi avec lui; que ton désir, autant que le mien, est de le voir devenir notre meilleur ami.

— Qu'allez-vous faire? Vous ne réfléchissez pas sur les conséquences d'une telle familiarité.

— Je ne te comprends plus : tu ne veux pas te rendre toi-même chez M. de Villa-Réal; tu trouves mauvais que j'y aille...

Il était difficile qu'Adeline expliquât à Froissart les véritables motifs de sa réserve.

Le laisser aller chez le duc, c'était, dans sa pensée, lui faire jouer un rôle affreux; s'y présenter elle-même... elle!

— Décide-toi, reprit Froissart. Le temps nous marche sur les talons. Car, si je ne vais pas chez M. de Villa-Réal, ou je ferai banqueroute, car je suis ruiné, voilà le mot; ou, pour ne pas faire banqueroute, je suis obligé de vendre cet hôtel, tout ce qui nous reste, entends-tu?

— Vendre l'hôtel! mon Dieu! ce bien de famille auquel ma mère attache tant de prix, où elle, sa mère, la mère de sa mère sont nées. Mon père en mourrait de douleur, lui qui a failli mourir de joie lorsqu'il y est rentré. Vous ne ferez pas cela. Ce serait affreux! Mais quel rapport y a-t-il entre le mauvais état de nos affaires et M. de Villa-Réal?

— Nous y voici. Je dois, à l'heure qu'il est, près de trois cent mille francs que je ne sais où diable prendre. On ne veut plus me prêter ni sur mes terres ni sur cet hôtel, déjà grevé d'hypothèques. M. de Villa-Réal est richissime. Ne t'agite pas ainsi. Je ne projette pas de le voler. Il est richissime; il prête aux rois, à son empereur. Je sais tout cela. Je sais encore qu'en ce moment il est à la recherche d'un beau logement dans ce quartier. Au lieu d'acheter un hôtel, ce qui n'est pas toujours facile; au lieu de louer un étage dans quelque grande maison, ce qui est mesquin dans sa position, qu'il achète... C'est ici, Adeline, qu'il faut m'écouter. En allant chez lui pour le remercier, tu lui proposeras en mon nom de lui vendre tout simplement le premier étage de notre hôtel. L'affaire nous convient, à lui et à nous, sous tous les rapports. Nous lui donnons, pour trois cent mille francs, le premier étage de l'hôtel avec les écuries, le jardin et les deux pavillons. Par là, il pourra dire de son côté que l'hôtel lui appartient; du nôtre, nous pourrons en dire autant, car en réalité nous l'habiterons toujours, sauf qu'au lieu d'occuper le premier étage, nous nous logerons au second étage, aéré, commode, sec, et d'où la vue est illimitée. Demande-lui trois cent mille francs pour cet étage et les dépendances, et nous sommes sauvés. Maintenant tu n'as plus de raison pour craindre de te présenter chez lui; ce n'est pas une visite de reconnaissance que tu vas lui faire, tu te rends auprès de lui pour lui proposer une affaire, une bonne affaire.

Le cœur d'Adeline battait toujours d'indécision.

— Vous le voulez, dit-elle à Froissart avec une noble résignation. Vous le voulez!... y avez-vous bien pensé?... ne craignez-vous pas?... Sérieusement, vous le voulez?

— Tu devrais être déjà de retour, si tu m'aimais comme tu dis que tu m'aimes.

— Eh bien! j'obéirai.

— Quand iras-tu chez lui?

— Tout de suite.

Adeline sortit; elle était résignée au sacrifice.

Elle touchait à peine la dernière marche de l'escalier que Froissart se dit :

— Si elle conclut ce marché, je prends aussitôt ma revanche. Il n'y aura que l'étalage de changé.

SUR QUOI REPOSE L'ESPÉRANCE

Rentré dans son petit pavillon, véritable grotte de fée, le jeune duc de Villa-Réal fut heureux comme le plongeur, qui revient à la surface de l'eau; il respire, il revoit le ciel, le soleil, la terre et lui-même. Il était au milieu de Paris, dans la maison de la jeune femme dont l'image l'avait accompagné partout, et le ramenait enfin à la même place. Quoiqu'il fût de l'école froide et vernie des hommes politiques, il n'avait pas encore étouffé en lui le cri de la jeunesse, le chant des passions. Il se serait joué de tout, s'il eût été, avec ses principes, obligé de se faire un nom et une fortune, avantages qu'il possédait largement; il se serait joué de tout, excepté jusqu'ici, de l'amour.

Il s'enferma, tira ses rideaux, ralluma son feu, mit ses pantoufles chéries, et, du fond de son fauteuil, il promena un regard consolé sur ses charmants tableaux.

« Et je suis chez elle! se confiait-il tout haut, je suis chez elle! Pauvre jeune femme. Quel mari! comme elle doit souffrir dans cette dépendance, qui sera bientôt de l'abjection! Qu'elle était pâle, éplorée, éperdue, effarée, l'autre soir! A qui a-t-elle raconté sa douleur? que je suis heureux d'avoir fait quelque chose pour elle! »

En s'abandonnant au courant de cette rêverie, Villa-Réal laissa flotter sa vue où elle voulut aller, du feu de la cheminée à la porte bien close, du plafond éclairé par la lanterne transparente au tapis semé de fantasques arabesques. Il vit luire un point sur ce tapis. Il quitta son fauteuil pour voir ce que pouvait être cet objet; il s'en approcha : c'était une épingle. Un sourire de pitié courut sur ses lèvres.

« Qu'avais-je donc l'espoir que ce serait? Tiens! reprit-il en la regardant de près à la lumière, elle n'est pas faite comme les épingles ordinaires... la tête n'est pas si grosse... C'est une épingle de façon anglaise. Il n'y a pas longtemps qu'on se sert à Paris de ces sortes d'épingles. Mais comment est-elle ici? Une épingle de femme... ce ne peut être que la femme du concierge... Elle! Mme Turbot a soixante ans passés; non, ce n'est pas elle. Qui donc est venu?... »

Il sonna. Pampas, le domestique de couleur, parut.

— Fais monter M. Turbot...

M. Turbot semblait attendre la faveur de se montrer à son jeune locataire, tant il fut prompt à se présenter.

— Quelle joie pour nous, monsieur! quel bonheur pour tout le monde que votre retour!

— Mon brave monsieur Turbot, je n'ai pas pu vous rapporter des oranges de Lisbonne d'où j'arrive; mais je vous prie d'accepter, à l'occasion de mon retour, ces dix pièces d'or de mon pays : vous avez fort bien tenu le pavillon pendant mon absence; je vous remercie, monsieur Turbot.

— C'était un devoir pour moi, monsieur le duc; mais je n'ai pas été seul à le remplir. Une bien aimable dame m'a aidé de ses conseils; Mme Froissart elle-même.

De Villa-Réal, en entendant ces mots, se leva, courut à son secrétaire, qu'il ouvrit, en retira une boîte en velours où se trouvait renfermé le portrait de sa mère, et il y déposa l'épingle.

— J'aurai bientôt l'honneur, dit-il ensuite à M. Turbot, d'aller remercier Mme Froissart. Adieu, monsieur Turbot, adieu! Je suis un peu fatigué... excusez-moi si je vous congédie si tôt.

— J'aime ce garçon-là, murmura M. Turbot en se retirant, comme j'aurais aimé ce pauvre Dauphin s'il eût vécu.

— Elle est entrée ici! s'écria de Villa-Réal lorsqu'il fut seul; elle a respiré ici! Dès ce moment ce pavillon m'appartient. Dussé-je l'acheter un million, personne ne l'occupera que moi, et après moi personne ne l'habitera.

LA SECONDE ENTREVUE

C'est sur le perron du grand escalier que Mme Froissart, allant chez M. de Villa-Réal, et que M. de Villa-Réal, allant chez Mme Froissart, se rencontrèrent.

Ils se regardèrent d'abord sans pouvoir se parler.

— Madame, dit enfin M. de Villa-Réal, j'avais l'honneur de me présenter chez vous à titre de locataire pour vous importuner d'une demande, mais vous sortez...

Le ton riant quoique gêné de M. de Villa-Réal fit rentrer les brûlantes couleurs qui s'étaient allumées sur les joues d'Adeline; et elle eut assez de présence d'esprit pour ne pas lui répondre : « J'allais aussi chez vous. »

— Une visite de peu d'importance, répondit-elle, ne doit pas nous priver de l'honneur de recevoir une personne à qui nous devons tant.

Le chapeau à la main, de Villa-Réal suivit Adeline jusqu'au premier étage où était le salon.

Après l'avoir conduite au canapé, de Villa-Réal s'assit sur une chaise à quelques pas d'elle; et il dit à son tour :

— Je croyais, en venant ici, n'avoir qu'une faveur à solliciter, madame; maintenant j'ai aussi une grâce à attendre de vous. Cette grâce est que vous ne me parliez plus du service de hasard que j'ai été si heureux de vous rendre. J'aurais désiré vous être utile dans une tout autre circonstance. Mais on ne choisit pas son bonheur. La grâce est accordée, n'est-ce pas?

— Et la faveur aussi, ajouta Adeline émue. Non, jamais, pensa-t-elle, je ne lui dirai maintenant ce que Froissart m'a chargée de lui demander.

— Prenez garde, madame, de me l'accorder trop vite, cette faveur.

— Vous ne me demanderez, j'en suis sûre, qu'une chose qu'il serait honorable à M. Froissart de vous donner.

— Vous avez eu la bonté de me deviner, madame.

— Mais... pas encore...

— Je suis votre locataire.

— Je crois m'en souvenir, monsieur le duc, et je crois savoir aussi que vous songez à nous quitter. Le logement est si petit, si incommode...

— Le quitter! et j'aurais appelé cela une faveur! Non, madame, je ne veux pas le quitter. Il est possible que j'achète bientôt un hôtel; mais ce projet ne me fera pas renoncer à venir passer tous les jours quelques heures dans un pavillon où j'ai goûté les plus agités... les plus heureux moments de ma vie.

— S'il en est ainsi, je pense que M. Froissart...

— C'est précisément à M. Froissart que je viens demander la faveur de renouveler mon bail.

— Il vous l'accordera sans peine. Vous désireriez un bail d'un an, de deux ans...

— De toujours, madame.

— De toujours!... Je ne connais pas beaucoup les affaires, mais il me semble qu'on ne peut contracter pour toujours.

— En matière de loyer, c'est possible, et vous avez raison : nous mettrons alors pour quatre-vingt-dix-neuf ans. La loi le permet.

— Quelle idée! s'écria en riant Adeline; vous avez donc l'espoir de vivre jusque-là?

— Non, madame; mais j'ai peur qu'on me chasse avant ce temps écoulé.

— Mais vous auriez bien meilleur marché, monsieur, d'acheter ce pavillon qui vous plaît tant.

— Me le vendrait-on, madame?

— Oh! mon Dieu! pensa Adeline, on dirait qu'il devine l'intention de mon mari; il va au-devant de ce que j'allais si péniblement lui proposer... Je ne puis, je ne dois pas négliger de faire ce que Froissart m'a recommandé... ce serait mal...

— Peut-être mon mari, reprit-elle, vous vendrait ce pavillon, mais je crois... En effet, il m'a parlé quelquefois de le vendre...

— A d'autres qu'à moi, madame?

— Je ne vous connaissais pas encore, monsieur.

— Peut-être y a-t-il quelque difficulté à lever?... Je vous ai interrompue, vous alliez la dire...

— Une très grande. M. Froissart considère, je crois, votre pavillon, le pavillon opposé, le jardin et le premier étage comme un tout indivisible.

— Mais j'achète le tout!

— Je répéterai votre proposition à mon mari, dit Adeline qui sentait que l'entretien ne se prolongeait pas sans douleur pour elle, obligée de servir de courtier de vente.

— Mais si vous me vendez le premier étage, vous avez donc le projet de sortir de l'hôtel?

— Nous, le quitter! Oh! jamais, monsieur.

— Comme moi le pavillon, dit le jeune duc avec la même passion dans la voix. Pourtant où irez-vous?... à moins que vous ne deveniez mes locataires...

— Non, monsieur, mais vos voisins; nous irions habiter le second étage.

— Ah! je comprends, dit de Villa-Réal qui n'eut pas de peine à comprendre qu'on allait lui céder ce qu'on eût été un peu plus tard dans la nécessité d'offrir: et cette réflexion en produisit bien d'autres dans son esprit.

— Marché fait! ajouta-t-il en tendant la main à Adeline. C'est ainsi qu'on traite dans mon pays...

— Oh! pas encore, monsieur! répondit Adeline; pas encore... vous ne savez pas le prix que M. Froissart vous demandera.

— Je sais le prix, madame, je le sais. Ce sera le prix que M. Froissart exigera. Ce soir vous me le ferez connaître, et demain votre homme d'affaires enverra chercher à la banque la somme fixée par M. Froissart. Le marché est-il fait maintenant?

De Villa-Réal avait tendu une seconde fois la main; Adeline laissa prendre la sienne.

Il serra, à la manière anglaise, la main d'Adeline, et il dit en se retirant :

— Je serai un bon voisin, madame, je ne ferai pas de bruit sur votre tête.

Dès qu'il fut parti, Adeline s'écria :

— J'ai sauvé mon mari d'une ruine, et je n'ai pas à en rougir.

Quand il apprit que le marché était conclu, Froissart prit sa femme dans les bras, lui fit faire trois fois le tour du salon en valsant; puis, la soulevant, il lui dit :

— Quoique légère comme une plume de cygne, tu vaux ton pesant d'or.

Le lendemain, il enfermait dans son secrétaire trois cent mille francs en billets de banque.

Il ne paya personne. C'est l'usage quand on a de l'argent.

Aux dimensions près, le second étage de l'hôtel était tout à fait digne du premier. Froissart s'y installa avec la famille de sa femme. Mme de Neuvilette se résigna à le suivre, aimant encore mieux cela que de s'en aller vivre sous les toits d'une mansarde. Sa dignité néanmoins souffrit beaucoup de ce changement.

« Mais après tout, se dit-elle, le second étage, c'est encore l'hôtel. Nous sommes toujours logés chez nous. »

INSTALLATION DU DUC DE VILLA-RÉAL

Par une annexe à son marché avec Froissart, le duc avait acheté, outre ce premier étage, les meubles qui s'y trouvaient. Tout prit une face nouvelle en passant sous le nouveau maître. L'ordre et le silence colorèrent de leur gravité les moindres parties de ce fastueux mobilier. Ils firent d'une hôtellerie un temple solennel. Une bruyante valetaille se retira devant des domestiques polis. L'enfer avait fait place au paradis, quoique l'enfer fût encore dans l'hôtel. Il avait élu domicile au second étage.

Quand il fut dans l'appartement que lui avait vendu Aristide Froissart, le duc de Villa-Réal remarqua avec peine qu'il avait acheté sans le savoir un piano d'Erard, une harpe, une volière, douze miniatures de Mme Mirbel, de Mulnier et de Saint, c'est-à-dire douze chefs-d'œuvre, une bibliothèque en ébène contenant les œuvres complètes de Victor Hugo, de Lamartine et de Balzac. Son exquis savoir-vivre lui dit tout de suite à qui de Froissart ou d'Adeline appartenaient ces dieux domestiques. Aussitôt il ordonna à ses gens de les porter à l'étage supérieur, et Adeline reçut en même temps ce billet :

« Madame,

« Une erreur qu'il m'appartient de réparer, vous a fait oublier, dans votre ancien logement, quelques objets dont je n'ai pu devenir possesseur par la raison qu'aucun prix ne saurait les payer. Souffrez donc, madame, que je vous les renvoie en vous exprimant le regret de les avoir gardés plus d'un jour.

« J'ai l'honneur d'être, madame votre très humble et très dévoué serviteur.

« OCTAVE, duc DE VILLA-RÉAL. »

Cette action était simple et belle.

Elle inspira à Adeline cette pensée :

« Pourquoi ne lui avons-nous pas vendu l'hôtel tout entier et n'en sommes-nous pas sortis le même jour! »

FROISSART FAIT DES AFFAIRES

On se souvient de l'orage d'affaires qui creva sur Paris quelques années après 1830. On ne parlait que par actions. Ce fut la peste noire des petits rentiers.

Froissart fut mordu comme tant d'autres. Puisque la police défend les jeux et qu'elle permet les jeux d'actions, jouons aux actions, se dit-il.

Il se faufila donc dans la bande de condottieri qui exploitait Paris. Comme on le savait encore assez riche et confiant, on l'entoura de projets plus ou moins superbes, tous susceptibles de centupler sa fortune en quelques mois. Il entra dans ces sortes d'affaires par la porte de l'amusement; il y vit, comme tant d'autres, la séduction du pharaon et de la roulette, moins le danger. Dès lors nouveaux visages, mais nouveaux dîners, nouvelles dépenses. On passait les journées à dresser des actes de sociétés, des tableaux de bénéfices, à peindre des modèles d'actions, à faire des souches, et la nuit à boire.

Dès que Froissart eut mis le pied dans le pays des affaires, et des affaires comme on les faisait vers 1835, ses salons furent pleins de gens issus d'une autre race, gens parlant vite, debout, se levant à six heures du matin, courant en cabriolet les quatre coins de Paris, avec les poches bourrées de projets. Ils assiégeaient Froissart, qui les écoutait souvent du haut de son lit.

Ces confidences l'instruisaient aux affaires et lui plaisaient par leur côté aventureux.

Il s'agissait d'ouvrir des mines inconnues pour en tirer des métaux; de joindre par des canaux deux pays éloignés, d'alimenter toute une population.

Il y eut un beau frémissement en France. Froissart, qui aimait les étrangetés, se passionna pour les affaires, et ses trois cent mille francs lui permirent de prendre dans presque toutes ces affaires un intérêt d'associé ou d'actionnaire.

Il prit des actions dans : les brasseries; les imprimeries; les tanneries; les constructions; les houilles; les asphaltes; les bitumes; les chemins de fer; les restaurants-omnibus; les cabriolets-milord; les vespasiennes; les mines d'or. Et dans beaucoup d'autres opérations dont nous ne nous souvenons plus, mais dont les rentiers se souvinrent dans ce monde, et les noyés et les asphyxiés dans l'autre.

UNE PIERRE SOUS LA ROUE DU CHAR

Avant de devenir à rien, les actions industrielles présentèrent le spectacle offert autrefois par la banque de Law et les assignats. Rien n'étant indé-

— Veux-tu te laisser être heureuse avec moi? (p. 11.)

fini comme rien, elles s'élevèrent pendant quelque temps à un taux fabuleux. Les prudents, les hardis, les mieux avisés, les poltrons vendirent, mais les braves gens gardèrent en portefeuille.

« Pourquoi, se disaient-ils, ces actions n'égaleraient-elles pas un jour en prospérité les actions de la Compagnie des Indes, des Quatre-Canaux et des mines d'Anzin!

Froissart fut de ceux qui gardèrent : il attendait le bon moment.

— Veux-tu connaître la couleur du bonheur? dit-il un jour à sa femme en l'amenant devant son secrétaire; la voilà. Regarde!

Froissart avait disposé sur une étagère, comme un peintre dispose ses teintes sur sa palette, les actions diversement coloriées qu'il avait dans les spéculations dont Paris retentissait en ce moment.

On y voyait des actions : bleu de ciel; bleu Byron; rose tendre; chamois; beurre frais; vert émeraude; blanc d'amande; jaune d'or.

— C'est l'arc-en-ciel, ajouta-t-il, de toutes nos félicités futures; saluons l'arc-en-ciel.

LES DETTES REVIENNENT SUR L'EAU

L'été de 1835 fut très chaud; Froissard avait pris l'habitude d'aller l'après-midi faire baigner son chien au delà d'Auteuil, afin de se fournir un prétexte pour aller avec ses amis manger une matelotte à Boulogne. Ce chien n'était ni un dogue, ni un épagneul, ni quoi que ce soit; un chien parisien enfin.

Phénix paraissait si satisfait de nager dans la Seine, que Froissart eut envie de l'imiter.

Il était tard, l'atmosphère brûlait, il se décida.

Froissart se déshabille et entre dans cette immense baignoire.

Il perd bientôt pied, et, bon nageur, il arrive, après quelques coupes hardies, au tiers du fleuve. Lui et son chien se livrent pendant une heure au charme de la natation.

— Tout à coup Froissart aperçoit un fiacre qui s'arrête à l'endroit où il avait déposé ses habits. Quatre hommes en descendent et semblent l'examiner.

Peu après il voit deux de ces mêmes hommes se déshabiller et se mettre à l'eau.

— Ce sont des amateurs, pensa Froissart; nous allons donc faire une partie; mais ce ne sont pas tout à fait des novices; ils allongent fièrement.

Pendant ce monologue, les deux nageurs parvinrent à se placer l'un à droite, l'autre à gauche de Froissart qu'ils saluèrent par son nom.

— Ils me connaissent, se dit Froissart en leur rendant la politesse, mais ils ne me sont pas inconnus non plus. Où donc les ai-je vus?

— Vous nagez fort bien, monsieur Froissart, lui dit l'un d'eux.

— Vous ne me devez rien, messieurs.

— Cependant, dit le second, vous tenez votre corps trop hors de l'eau, c'est dangereux.

— Dangereux, et en quoi? demanda Froissart d'abord étonné, puis intrigué, inquiet surtout de voir deux autres personnages debout sur la grève et observant tout. Est-ce dangereux parce qu'on peut être vu?

— Pas absolument à cause de cela, mais parce qu'il est plus facile de se noyer en nageant de cette façon-là. On se fatigue vite; et si l'on se trouve au large, on se noie.

L'explication ôtait déjà un peu de son anxiété à Froissart, lorsque le premier lui dit :

— Votre chien mord-il, monsieur Froissart?

— Jamais; il est trop intelligent pour mordre.

— Ah! il ne mord pas? dit l'autre.

— Non, je vous l'assure. — Mais pourquoi tiennent-ils tant à savoir si Phénix mord ou ne mord pas? Ces hommes-là me veulent quelque chose.

Les deux hommes restés sur les bords observaient toujours.

— Ah! mon Dieu! je suis pris, se dit Froissart : ce sont des gardes du commerce! Depuis trois jours je les rencontre partout; ils vont m'empoigner.

Immédiatement Froissart plonge avec la pensée de reparaître aussi loin que ses forces lui permettront, et de gagner ensuite l'autre bord.

Que voit-il au fond de l'eau? Ses deux espions, les deux gardes du commerce.

Il remonte à la surface, ils sont déjà à ses côtés.

— Vous plongez comme une sonde, monsieur.

— Et vous, messieurs, comme tout ce qu'il vous plaira.

— Il va être nuit, pensa Froissart, la nuit venue ils n'ont plus le droit de m'arrêter. Je nagerai donc jusqu'à la nuit.

— Il va être nuit, se confièrent tout bas les deux gardes du commerce; il importe de s'en emparer le plus tôt possible.

— Nagez-vous longtemps, monsieur Froissart?

— Ordinairement jusqu'aux premières étoiles.

— Eh bien! vous avez tort, l'eau n'est guère bonne à ce moment-là; elle est crue.

— Mon médecin m'a ordonné des bains d'eau crue.

Sans se le dire, les deux gardes du commerce convenaient qu'il n'était pas trop prudent de mettre la main sur Froissart qui nageait bien et conséquemment aurait pu leur échapper. Ils craignaient beaucoup aussi Phénix. Froissart, ayant pénétré les intentions des deux nageurs, avait fort bien pu dire que son chien ne mordait pas.

Devinant l'embarras de leurs compagnons, les deux autres gardes du commerce restés sur les bords se déshabillèrent à leur tour et se dirigèrent vers Froissart, qui comprit alors l'inutilité d'une plus longue diplomatie.

Il fit noblement et dédaigneusement la planche afin de se laisser emporter par les quatre gardes du commerce qui le forcèrent de s'habiller à la hâte et de monter en fiacre.

Dans leur précipitation, ils ne donnèrent pas à Froissart le temps de mettre son habit.

On le conduisit à Clichy.

— Bien joué! leur dit Froissart, une fois en voiture, bien joué! jamais, je crois, on n'a arrêté un débiteur de cette manière-là.

Etonné de la philosophie railleuse du prisonnier, un des gardes du commerce, homme profond dans sa profession, lui dit :

— Monsieur Froissart, je n'ai jamais vu l'esprit empêcher un homme d'aller en prison.

— L'esprit peut ne pas empêcher d'y entrer, mais il doit en faire sortir.

— J'en doute, murmura le garde du commerce en offrant poliment la main à Froissart pour descendre du fiacre.

Une seconde fois Froissart entendit grincer derrière lui les verrous de la dette.

L'AMOUR ET LE DEUIL

Chaque jour, pendant la saison d'été, il se noie un homme à Paris quand il ne s'en noie pas douze.

Le jour où Froissart ne rentra pas chez lui, il fut constaté qu'une personne qui se baignait avait tout à coup disparu sous l'eau et n'avait plus été retrouvée. Ce jour-là aussi, l'habit de Froissart fut ramassé sur les bords de la Seine. Dans son habit était son portefeuille, et dans son portefeuille, son nom et son adresse. Il résulta de rapprochements que l'habit appartenait au noyé et que le noyé était Froissart. Ajoutez à cette induction le silence absolu de Froissart. Froissart passa pour mort.

Le premier jour où l'on crut à la mort de Froissart, le jeune duc de Villa-Réal écrivit à Adeline une lettre de condoléance; le second jour, il mit sa carte à la porte de l'intéressante veuve; le troisième, il se présenta chez elle et fut reçu; on parla des qualités du mort. Le quatrième jour, on parla beaucoup plus de soi-même que du mort; le cinquième jour, on ne s'occupa que de soi-même, quoiqu'au fond du cœur Adeline ne fût pas aussi pressée d'oublier Froissart que ceux qui l'entouraient, que Villa-Réal surtout. Avec la réserve ordinaire qu'il apportait dans toutes ses actions, celui-ci avoua à Adeline l'intention où il était de lui offrir sa main dès l'expiration du deuil. Obligée de répondre à cette proposition, Adeline demanda un mois.

— C'est un fier débarras! mon Dieu! s'écria Mme de Neuvilette.

— Eh bien! non! disait le vieux marquis en se confiant à sa fille, je ne suis pas de l'avis de ta mère. Le pauvre Froissart avait des défauts, beaucoup de défauts, mais il t'aimait. C'était un diable, mais un diable plein d'esprit, de cœur, de franchise. Il n'est pas de mauvais tour qu'il ne m'ait fait oublier par quelque attention; il me cachait toujours ma tabatière, mais c'est lui qui me donnait le meilleur tabac à priser.

Devant ces éloges, Adeline se taisait, ou elle embrassait bien tendrement son père.

Cependant Froissart se liait avec d'aimables banqueroutiers qui avaient conservé dans la captivité toute la joyeuse humeur des meilleurs jours; avec de jeunes et charmants escrocs; les uns et les autres visités chaque jour par des femmes fraîches comme des fleurs.

Froissart, qui leur était connu de réputation, fut accueilli par eux avec bonheur, et avec eux il apprit à se moquer du créancier sous toutes les formes. Il fit un grand pas de plus dans cette vie de bohémiens pour laquelle il s'était senti toujours un faible.

PLUSIEURS PALAIS ET SON CŒUR

Dans l'impossibilité de distraire trop bruyamment Adeline de son deuil, le duc lui portait chaque jour, pour intéresser son attention, un dessin représentant quelqu'une des belles propriétés qu'il possédait en Portugal. Il lui disait, en promenant le doigt et l'attention d'Adeline sur ces magnifiques choses :

— Un jour, madame, nous habiterons ensemble ces châteaux; un jour, madame, nous nous promènerons ensemble dans ces bois; ma future duchesse de Villa-Réal!

Mais hélas! que les châteaux en Portugal ressemblent aux châteaux en Espagne! Ils parcouraient en idée pour la centième fois les allées de leurs forêts de myrtes et d'orangers, quand un domestique entra et remit une lettre à Adeline. Elle l'ouvrit, et à l'instant même le rêve fut fini. Cette lettre était de Froissart.

« Ma chère amie, » écrivait-il à sa femme, « je ne suis pas bien sûr de t'avoir écrit depuis que je suis en prison pour dettes. Quoi qu'il en soit, envoie-moi dans la journée un chevreuil de Chevet, huit livres de truffes, six bouteilles de vin de Bordeaux 1827, et le plus de liqueurs que tu pourras.

« Je n'ai pas besoin de te dire le motif de ma captivité. Si je n'en suis pas sorti le lendemain en faisant vendre quelques-unes de mes actions, c'est que je n'ai pas eu le temps de m'occuper de ma liberté.

« Dans huit jours cependant je serai auprès de toi, parce que j'espère avoir rendu à ces messieurs tous les dîners qu'ils m'ont donnés. J'ai gravé ton nom sur mes fers. N'embrasse pas ta mère pour moi.

« Ton mari.
« Aristide. »

Adeline et de Villa-Réal se regardèrent pendant un quart d'heure sans pouvoir se parler.

Aristide n'avait pris si joyeusement son parti, que parce qu'il se croyait sûr de rançonner son vieux terroriste de père en l'épouvantant de nouveau par l'envoi de quelque autre feuillet des redoutables mémoires.

A défaut il vendrait quelques-unes de ses actions beurre frais ou ventre de biche; mais avant tout il voulait avoir recours à son père. Un père se retrouve, une action vendue ne revient jamais.

Aussi, dès qu'il eut rendu toutes les politesses qu'il avait reçues, il se hâta de faire parvenir à son père un nouveau chapitre toujours précédé du titre spécial :

Mémoires de mon père, Jean Froissart,
accusateur public en 93.

Ce troisième envoi commençait ainsi :

« La première tête innocente que fit tomber mon père fut celle du vénérable duc de... » etc.

Froissart attendait tranquillement depuis huit jours environ le résultat de sa toute filiale communication, lorsqu'un personnage grave, aisé à reconnaître pour un ecclésiastique, entra un matin chez lui.

— J'ai à vous annoncer, dit-il doucereusement à Froissart, une bien triste nouvelle. Votre honorable père, la providence des pauvres, le Vincent de Paul de notre paroisse, est dangereusement malade. Avant de mourir, car il croit sa fin prochaine, il désire que vous preniez connaissance du testament qu'il a dressé à son lit de mort.

Froissart lut ces quelques mots :

« Je lègue et laisse tous mes biens, meubles et immeubles, à ma paroisse Saint-Thomas-d'Aquin, ce qui est dans ma volonté et dans mon droit, ayant déjà donné à mon fils Timoléon-Aristide Froissart tout ce qui lui revenait, et même beaucoup au delà.

« Je fonde aussi à perpétuité une messe qui sera dite à chaque anniversaire de ma mort, en ladite église pour le repos de mon âme.

« Moi, Jean-Cascaret Froissart. »

— Ainsi, mon père me déshérite! s'écria Froissart, il me déshérite pour donner tous ses biens à l'Église! lui! le vieux!...

Ici Froissart s'arrêta et regarda de la tête aux pieds l'homme qu'il avait devant lui.

— Je comprends, se reprit-il brusquement, mon père n'a plus peur, le moyen est usé. Mais cependant si pour me venger je les publiais, ces mémoires? Si...

— Vous êtes à Clichy; êtes-vous jamais allé en cour d'assises? demanda le haut personnage.

— Est-ce qu'on oserait?...

— N'essayez pas, monsieur Froissart. Monsieur votre père ne craint pas la publication de ces mémoires. Mais vous, craignez-la!

— Ah! l'auteur de mes jours se fait protéger maintenant par la prêtraille! ah! vieux loup, vieux renard! tu les connais donc toutes?

L'envoyé mystérieux était sorti.

— Mais il me reste encore pour m'en aller d'ici, pensa Froissart... que me reste-t-il? mes actions. Vite, écrivons à ma femme qu'elle en vende quelques-unes, et sortons d'ici. C'est de l'or, je le sais, mais il faut changer son or.

Trois jours après, Adeline répondait à son mari que les actions étaient tombées dans un discrédit si grand qu'il ne trouverait pas à les placer. Il devait les regarder comme autant de non-valeurs. Adeline se désolait beaucoup, à la suite de cette fatale nouvelle, de ne pouvoir rien faire pour le tirer de sa position. Depuis longtemps, elle avait vendu tous ses diamants. Elle n'osait pas mentionner une dernière ressource, de peur de tomber, après l'avoir employée, au plus bas degré du dénûment. Y recourir, paraissait à Adeline un effort dont le résultat ne compenserait pas la douleur.

« Je t'ai comprise, répondit Froissart, n'hésite pas : quand un vaisseau va périr, on jette son lest à la mer. Jetons notre lest. Vends le second étage de notre hôtel à M. de Villa-Réal, et tire-moi de Clichy, où je ne puis plus lutter de magnificence avec les hôtes que j'y ai trouvés.

« Depuis cet orage où mes actions ont péri, il arrive ici par fournées des ruinés du premier ordre. Clichy ressemble à un petit Versailles. On meuble pour ces touchantes infortunes des cellules sur le modèle des boudoirs de la rue Saint-Georges : on parle de donner une livrée aux geôliers. Le séjour deviendra inhabitable à cause de la dépense et du train à mener. Je ne suis plus assez riche, je te le répète, pour vivre en prison. Vends donc le plus tôt possible ce second étage à notre ami, M. de Villa-Réal. C'est un centime pour lui; pour nous, c'est une espèce de demi-aisance. Nous habiterons les mansardes, je l'avoue, mais les mansardes de l'hôtel nous suffiront. Le bonheur n'est pas dans une question d'espace.

« Avec toi, d'ailleurs, où ne se plairait-on pas? Nos trois vieux amis embelliront notre solitude. Nous aurons un billard et un amour d'estaminet. Nous ferons la poule en famille. Ajoute à ce tableau de bonheur, ton père ronflant dans un coin et ta mère me maudissant de l'autre. Vends donc ce second étage, afin que nous touchions à ce bonheur au-dessus duquel il n'y a plus que le ciel...

« Ton ami,

« ARISTIDE. »

A JOLIE FEMME QUI SOLLICITE, MARI PERDU

Qui se montra furieuse, ce fut Mme de Neuvilette. Son monstre de gendre vendait le second étage de l'hôtel au duc de Villa-Réal. Cependant sa grosse colère s'arrêta tout à coup et devint du rire auquel le bon marquis ne comprit rien. Il crut que sa femme était folle. Mme de Neuvilette n'avait jamais été plus sensée.

On devine que le duc écouta la proposition de Froissart en homme parfaitement heureux de l'accepter; il acheta non seulement le second étage, mais tout le reste de l'hôtel, qui, par là, lui appartint en entier, laissant les pièces du comble à la disposition de Froissart, devenu par le fait son locataire. Avec cet argent immédiatement compté, Froissart fut libre et revint au milieu de sa famille, qui se logea avec lui sous les toits de l'hôtel.

CE QUE FROISSART APPELAIT LE BONHEUR

Sans doute, le bonheur peut habiter la mansarde, mais il ne faut pas songer à l'y monter comme on y transporterait un piano. S'il n'y est pas né, il n'y demeurera pas un jour.

Froissart fut un cent millième exemple de cette banale vérité.

Sa pauvre Adeline eut chaud le jour, froid la nuit dans un espace où son piano tenait si difficilement qu'il fallait le déranger chaque fois qu'on ouvrait la porte.

Froissart, ayant pris à Clichy les habitudes des gens de l'endroit, sonnait de la trompe depuis sept heures du soir jusqu'à minuit, et échangeait de brillantes variations sur l'air du roi Dagobert avec son ami Beaugency qui lui répondait de l'entre-sol du marchand de vin.

Beaugency était devenu si gras, que les mêmes médecins qui l'avaient condamné un an auparavant, l'obligeaient maintenant, pour un peu maigrir, à se livrer à ce fatigant exercice.

Chaque jour c'était un nouveau tumulte.

Froissart hantait aujourd'hui la fourmilière des artistes non pas sans talent, mais sans mœurs, sans caractère, sans travail, sans réputation, sans aveu, sans habit et souvent sans logement.

C'étaient des acteurs qui avaient eu des succès en Russie, des peintres demandés par le roi de Lahore, des sculpteurs de l'école de Lacervoise, des musiciens destinés à faire une révolution dans leur art : du haut de la mansarde de Froissart, ils crachaient sur l'Académie, sur le Conservatoire, sur le Théâtre-Français, sur le jury des Beaux-Arts; ils crachaient sur tout, et que trop sur le parquet, rendu impraticable pendant ces discussions présidées par Froissart, qui fournissait la chandelle, le logement, les pipes et la bière.

On n'imaginerait pas ce qui se dépensait d'esprit, de gaieté, d'originalité, dans ces trois cellules; mais de l'esprit qu'un souffle emporte; de la gaieté qui tremble pour son dîner du lendemain; de l'originalité qui tient de la paresse et de l'incorrection; des qualités qui ne valaient pas auprès d'une femme distinguée comme Adeline, obligée de les subir, le mot poli, le sourire décent d'un homme du monde.

LA CRISE

Une nuit, le duc de Villa-Réal entendit un bruit extraordinaire dans les mansardes. Il écouta et il entendit, en prêtant l'oreille au bas de l'escalier, Froissart qui disait, d'une voix avinée :

— Je vous dis que c'est la plus belle des opérations qu'on ait jamais faites, et quand on a mis en actions des mines qui n'existaient pas, des forêts encore en graines, je puis me permettre, moi, Timoléon-Aristide Froissart, de mettre en actions me femme qui est belle, spirituelle, gracieuse et qui existe.

— Votre femme! votre femme! entendait-on crier Mme de Neuvilette.

— Moi! monsieur, disait Adeline d'une voix pleine de larmes et de noblesse, moi!

— Oui! toi! la plus belle des mines d'or, le capital le plus sûr. C'est une idée! Je refais ma fortune infailliblement : chaque action sera de mille francs : total, cent mille francs. Est-ce que tu ne vaux pas cent mille francs?

— Ivrogne! Taisez-vous! vous vendriez votre femme pour cent mille francs? Vous!

— Trouvez-vous que ce n'est pas assez, maman Chouette?

— Mais il y a des lois, il y a des juges, il y a des échafauds!

Sans faire attention à l'explosion de sa belle-mère, Froissart reprit :

— Il n'est pas un de mes amis qui ne voudra prendre une action.

— Mais c'est infâme, monsieur, ce que vous dites-là!

Le duc reconnut la voix d'Adeline. Il monta aussitôt l'escalier avec rage pour aller châtier celui qui osait parler ainsi à une femme.

— C'est sa femme, réfléchit-il à la porte, et il est chez lui!

Il descendit en déchirant ses mains.

Froissart continuait :

— Je ferai faire demain les premières annonces dans les journaux.

— Je me tuerai, dit Adeline.

— Je vous tuerai, moi! s'écria Mme de Neuvilette en se jetant sur un couteau et en se précipitant sur Froissart que ce mouvement dégrisa à demi. Il retint le bras de sa belle-mère, et il lui dit avec un calme instantané :

— Ce coup de couteau, belle-maman, est la première chose que vous m'ayez donnée. Vous n'eussiez même pas eu cette générosité, si vous eussiez daigné m'écouter jusqu'au bout. Oui, belle-maman Tempête, on gagnera votre fille avec un billet de mille francs, mais celui qui la gagnera, écoutez bien ceci! s'oblige à vous prendre sur le marché. Jugez s'il y pensera à deux fois.

Il achevait cette phrase, lorsque le vieux marquis, qui, jusque-là, n'avait rien dit, se leva, prit sa pantoufle et dit à Froissart :

— Canaille, vous ne valez pas le soufflet d'un gant à dix-huit sous.

La pantoufle du marquis alla frapper Froissart au visage.

Froissart sauta sur une cravache posée sur le piano de sa femme et s'abandonna à la plus ignominieuse vengeance contre son beau-père.

La scène prit à ce moment un caractère si alarmant, que le duc, ne se contenant plus, s'élança, suivi de ses gens, dans l'escalier de la mansarde ébranlée.

A l'instant même, il vit plutôt tomber que descendre trois personnes pâles et pleines de terreur. « Sauvez-nous! sauvez-nous! crièrent-elles en se précipitant dans son appartement. » Villa-Réal ferma aussitôt sa porte et dit à Adeline :

— Madame, rassurez-vous; vous ne courez plus aucun danger; vous êtes chez moi!

Mais Adeline s'était évanouie. Pendant qu'il lui faisait respirer des sels, il sonnait ses domestiques et leur commandait de donner tous leurs soins à M. de Neuvilette et à sa femme.

Un mouvement nerveux lui fit pousser un cri d'indignation; ses mains se portèrent sur le manteau de la cheminée, où reposaient ses pistolets de voyage. Mais il se retint. Réduisant son rôle à celui d'hôte généreux, il souleva Adeline encore évanouie et la porta sur un sopha. C'était précisément dans la délicieuse petite chambre qu'elle occupait autrefois. Pendant que le marquis et sa femme se remettaient peu à peu, Adeline revenait à la vie; elle rouvrait lentement les yeux. Quand elle fut tout à fait ranimée, elle regarda autour d'elle et elle demanda :

— Où suis-je?

— Chez vous, madame, lui répondit le duc.

Adeline voulut répondre : elle était encore trop faible; elle sourit tristement et soupira.

CHANGEMENT D'EXISTENCE

Tout se passa comme dans un conte de Perrault. Des domestiques officieux lisaient dans les yeux d'Adeline ses désirs et s'empressaient de les prévenir. Ils semblaient n'avoir jamais eu d'autre maîtresse qu'elle.

Elle restait dans ses appartements avec son père et sa mère, encore plus enchantés qu'elle de l'inimaginable courtoisie de leur sauveur.

Au dîner, le chasseur venait leur dire en ouvrant les deux battants de la porte qu'ils étaient servis.

M. de Villa-Réal accourait alors au-devant d'eux, et prenant Adeline sous un bras, Mme de Neuvilette de l'autre, il les conduisait à leur place. Et quel calme! quelle dignité pendant le repas! Comme le duc évitait avec soin de leur parler de l'accident qui les réunissait si bizarrement chez lui! C'était de la part du duc un scrupule poussé à l'excès. Mais cet excès même prouvait sa délicatesse. Sans doute un peu de gêne résultait de cette position; mais il n'est pas de gêne qui ne finisse par être tolérable, et il n'en est pas d'ailleurs d'égale au supplice d'attendre sans feu jusqu'à minuit un homme exalté par le vin, répondant par des injures à des prières, et enfin aux observations par des coups de cravache.

MAIS LA MORALE?

Quoi! Adeline chez M. de Villa-Réal! Et où serait-elle allée? J'oublie! Il lui restait la rue et la police correctionnelle où elle avait le droit d'appeler son mari et de le faire condamner à la reprendre pour lui donner d'autres coups de cravache.

Le lendemain du jour où Adeline s'était réfugiée chez M. de Villa-Réal, M. de Villa-Réal lui faisait donation de l'hôtel, en sorte qu'Adeline n'était pas chez le duc, mais que le duc était chez elle.

PROJETS DE MIGRATION

Voyant avec douleur combien la santé d'Adeline avait été altérée, le duc lui proposa d'aller passer la belle saison à Lisbonne. L'air si doux, si salutaire du Portugal la rétablirait. Mme de Neuvilette ne fut pas la dernière à être de cet avis, qui fut aussitôt partagé par le marquis.

Comment Adeline eût-elle résisté? Sa mère et son père l'engageaient à céder; elle-même n'avait presque pas la force de les combattre. Elle avait si doucement fait le premier pas et si involontairement, bien que le hasard n'y fût pas étranger, qu'elle n'osait plus reculer sur aucun point. C'eût été s'accuser d'être allée trop avant.

Elle ne dit ni oui ni non, mais elle laissa s'achever les immenses préparatifs de voyage qui se faisaient concurremment avec le déménagement de Froissart.

Le commissaire de police, instruit de la scène qui avait eu lieu chez Froissart, l'avait fait citer, et c'est pour éviter de paraître chez ce magistrat qu'il avait jugé à propos de s'évader.

CE QU'EMPORTA FROISSART EN QUITTANT LE MAGNIFIQUE HOTEL QUI LUI AVAIT APPARTENU

Deux paires de bottes; une à ses pieds, l'autre dans sa poche; un Homère sans traduction; une vue de Clichy; vingt pipes; un traité de blason annoté par lui; le portrait des quatre gardes de commerce qui l'avaient arrêté; le portrait de sa femme peint par lui, un véritable chef-d'œuvre de coloris; une caricature de sa belle-mère; un autographe de son portier.

Phénix, son chien, le suivit.

MADAME DE NEUVILETTE N'EST PAS ASSEZ VENGÉE

« La victoire est belle, se disait Mme de Neuvilette, mais elle n'est pas aussi complète que je la veux. Froissart est perdu, sans doute; je prétends qu'il le soit sans retour; qu'il n'ait plus le droit de nous considérer comme ses parents, puisque le malheur a fait que nous nous soyons alliés à lui; enfin je ne serai contente que lorsque la loi se sera mise de moitié dans notre vengeance pour la consolider. Il me faut une séparation de corps et de biens prononcée par les tribunaux. »

Et ne reculant pas devant le scandale, Mme de Neuvilette s'adressa à l'un des plus célèbres avocats du barreau de Paris.

Le choix de Mme de Neuvilette ne méritait que des éloges : l'avocat auquel elle s'adressa pouvait être considéré comme le type de ces Démosthènes en vogue qui jettent de la boue au visage des adversaires de leurs clients, sauf à reprendre le lendemain cette même boue pour la lancer à pleines mains sur d'autres visages.

Tout célèbre cependant qu'était l'avocat visité par Mme de Neuvilette, il refusa de se charger du procès en séparation.

— Comment! eut beau s'écrier Mme de Neuvilette, un monstre nous aura avilis, transformés en banquiers de jeux de hasard, M. le marquis et moi; relégués sous l'ardoise d'une mansarde, il nous aura rendus témoins de ses orgies; enfin il nous aura battus, et nous n'aurons pas le droit de plaider contre lui en séparation!

— Lorsqu'il se conduisait ainsi envers vous, répondait l'avocat, vous pouviez espérer de faire prononcer une dissolution conjugale en faveur de votre fille; mais aujourd'hui...

— Mais aujourd'hui, qu'y a-t-il de changé?

— Puisque vous m'obligez à le dire, répondait encore l'avocat, madame votre fille serait mal venue de demander aux tribunaux une séparation, lorsqu'elle a quitté son mari pour vivre à sa guise avec un étranger...

— Un duc qui l'adore, monsieur!

— Soit! madame, mais enfin pour vivre avec quelqu'un qui n'est pas absolument son mari. Du moment où elle a accepté cette association d'existence, elle a mis les plus grands torts de son côté, et c'est M. Froissart seul qui serait reçu à provoquer une séparation, s'il la jugeait nécessaire à ses intérêts. Quant à madame votre fille, je vous le répète, elle n'a plus aucun prétexte légal pour la faire prononcer.

— Nous sommes donc à sa merci? S'il lui plaît de venir un beau jour prendre sa femme...

— Il le peut, madame.

— Mais c'est épouvantable! quelle loi! Cependant, monsieur, il faut que ma fille rompe avec cet homme-là, et elle rompra, je vous l'assure.

— S'il y consent, rien n'est plus facile...

— S'il y consent... ah!

— Oui, s'il y consent!

— Il y consentira, vous le verrez; je m'y engage. Il y consentira, monsieur.

Mme de Neuvilette écrivit à Froissart :

« Monsieur Froissart,

« Comme le peu de bon sens qui vous reste a dû vous revenir avec le sang-froid, je présume que l'idée qui m'est venue vous est venue aussi. Nous avons, vous et moi, assez reconnu par l'expérience que nous ne nous convenions guère. C'est le seul point assurément sur lequel nous aurons jamais été d'accord.

« De cette vérité banale pour nous, je suis arrivée à l'idée au sujet de laquelle je vous écris.

« Cette idée, monsieur Froissart, je vous la présente comme une proposition, afin d'abréger le temps, cette lettre et votre réponse.

« Consentez-vous à faire ratifier par la loi votre séparation d'avec votre femme, séparation qui existe déjà par le fait, séparation rendue facile par l'énergique antipathie que nous professons, nous pour vous, vous pour nous?

« Ne croyez pas que je mette le plus léger point d'honneur à avoir l'initiative. Demandez-nous la séparation comme si vous en aviez eu l'idée le premier, peu nous importe.

« Il importe seulement à votre femme d'être séparée de vous.

« Qu'il ne lui reste du souvenir d'avoir vécu avec vous que votre nom, votre triste et déplorable nom.

« Vous m'avez entendue et comprise, monsieur Froissart? répondez-moi. Tout de suite, c'est encore trop tard.

« Marquise de NEUVILETTE. »

Mme de Neuvilette sentait d'autant plus la nécessité de faire prononcer une séparation entre Froissart et Adeline, que celle-ci, tout heureuse qu'elle fût, n'osait pas encore cependant se lancer dans le champ de la liberté ouvert devant elle. Sa joie paraissait comme effrayée, et son bonheur était de ceux qui tournent toujours la tête avec défiance.

Elle ne se montrait dans aucun lieu public, soit seule, soit rien qu'avec le duc. A sa nouvelle existence il fallait, comme au doute et à la faute, le coin sombre de l'appartement.

Il était à craindre pour elle si cette timidité se prolongeait, et Mme de Neuvilette le savait bien, qu'elle n'eût pas tout le bonheur dont il fallait écraser Froissart et récompenser le duc de Villa-Réal. Tandis qu'une fois déliée par la loi de son contrat de servitude, Adeline, devenue l'égale d'une fille émancipée ou d'une veuve, n'avait plus de compte à rendre à l'opinion publique, à titre de femme mariée.

RÉPONSE D'ARISTIDE FROISSART :

« Chère belle-maman,

« Vous avez eu raison de compter sur mon bon sens naturel pour me faire convenir sans peine qu'il s'est élevé dernièrement entre vous et moi des discussions peu propres à entretenir la paix domestique. Je les regrette autant que vous. »

— Il appelle discussions des cris à ramasser les voisins sous les croisées, se dit Mme de Neuvilette.

« Vous saurez qu'il n'a pas toujours dépendu de moi que l'harmonie ne fût pas troublée dans la maison.

« Vous n'aviez à lutter que contre mon caractère, et moi j'avais à ménager le vôtre, un peu difficile, convenez-en, chère belle-maman; celui de votre fille, parfois esclave du vôtre, et celui de M. de Neuvilette, dont le tort est de n'être rien du tout. »

— Tout cela est fort possible, monsieur Froissart, grommela Mme de Neuvilette; mais arrivons à ma proposition.

« Avec un peu d'indulgence de votre part, tout se serait mis en équilibre.

« De mon côté, j'étais sûr que vous ne pouviez manquer de devenir meilleure, et que votre fille aurait fini par comprendre que l'homme riche dont elle avait, quoique pauvre, conquis l'estime et l'amour, avait quelque droit à sa patience quand, à son tour, il était devenu momentanément pauvre et un peu oublieux de ses devoirs, comme nous le devenons tous quand la fortune nous oublie.

« Qu'allez-vous devenir livrés à vous-mêmes, chère belle-maman?

« Un ménage sans chef, c'est une armée sans général, un vaisseau sans capitaine; mieux vaut encore un mauvais général et un capitaine un peu dur que rien du tout.

« Je ne dis pas cela absolument pour moi, mais aussi pour vous et pour votre fille.

« Que va-t-elle faire? Il faut pourtant qu'elle vive!...

« Je vous ai manqué quelquefois de respect, avouons-le; mais avouez aussi, chère belle-maman, que je n'ai pas cessé de partager avec vous tous les désagréments d'une position passagèrement dérangée.

« Quand vous étiez dans la mansarde, j'y étais, et lorsque vous avez eu froid, je ne me chauffais pas chez une maîtresse au coin d'un bon feu.

« Je pourrais accepter votre proposition si... »

— Enfin il arrive à cette proposition.

« Je pourrais accepter votre proposition si j'étais sûr que la colère ne vous a pas poussée à une détermination dont vous n'avez pas calculé la portée. »

— C'est ce qui vous trompe, généreux Froissart; mais voyons.

« Non, vous n'en avez pas calculé la portée.

« Où sont vos ressources? Quelle est votre industrie?

« Vous ne possédez rien, et vous êtes, tous les trois, incapables de gagner la dixième partie de l'argent indispensable à votre existence. »

— Je le crois bien; comme si M. de Neuvilette était né pour être frotteur ou moi ravaudeuse! Mais que d'attentions infinies il a pour nous! que de prévoyance!

« Dans ce cas, je serais mille fois plus tigre que

vous me faites si je consentais à me séparer de votre fille, de celle qui porte mon nom, que j'ai pu rendre malheureuse, mais à laquelle, moi, je n'ai rien à reprocher.

« Elle me déteste, elle m'exècre, je le sais; elle a raison de supposer que je ne l'aime plus, mais de là à se jeter mutuellement au visage le mépris public d'une séparation, il y a une distance qui n'a pas été franchie.

« Donc, je refuse mon adhésion, uniquement dans votre intérêt et pour l'honneur d'Adeline.

« Votre dévoué gendre,

« Aristide Froissart. »

— C'est-à-dire qu'il feint de se croire dans la position d'un homme dont la femme attend encore de lui l'existence et la protection, car il est impossible qu'il ignore... Ah! vous vous jouez ainsi de moi, monsieur Froissart! La comédie n'aura qu'un acte. Je vais vous faire savoir ce que vous ignorez.

« Monsieur Froissart,

« Puisque vous tenez à connaître les raisons qui nous mettent à l'abri du besoin en nous privant de votre appui, je vous apprendrai que M. le duc de Villa-Réal s'est constitué notre protecteur.

« Pour peu que vous l'eussiez oublié, je me plairais à vous rappeler son souvenir. Il fut le locataire de votre père pendant quelques années. Il a été le vôtre depuis votre mariage.

« Votre mémoire est-elle encore rebelle? Voici de quoi la raviver :

« M. de Villa-Réal a acheté successivement, et pour vous tirer de certaines mauvaises affaires, votre hôtel (je pourrais dire notre hôtel) du faubourg Saint-Honoré; M. de Villa-Réal vous sauva des suites ignominieuses d'un procès en police correctionnelle; M de Villa-Réal est celui chez lequel vous nous avez poussés à coups de cravache; celui chez lequel nous sommes depuis ce mémorable moment; et si vous voulez que je vous en apprenne davantage, M. de Vilal-Réal... mais non, vous en savez assez.

« Donc, vous n'avez aucun motif pour vous opposer à la séparation légale que je vous demande au nom de ma fille, qui n'a, vous le voyez bien, aucun besoin de vous pour la protéger.

« Ainsi, monsieur Froissart, pleinement rassuré sur notre sort et celui d'Adeline, vous voudrez bien me dire, dans votre réponse, que vous acceptez une séparation autant désirée par nous que par vous.

« Marquise de Neuvilette. »

— Il l'a voulu! se dit Mme de Neuvilette, après avoir expédié sa lettre, il l'a voulu! que le poids de l'aveu retombe sur lui, sur lui seul. Quelle effronterie! quelle audace! me forcer à prendre son doigt et à le mettre sur la plaie qu'il a faite luimême à son honneur. Cet homme est plein d'odieuses fantaisies. Enfin, il n'a plus de prétexte maintenant pour ne pas m'envoyer son consentement. L'essentiel est que ma fille soit heureuse. Elle va l'être. Monsieur Froissart, vous saurez pertinemment comme elle l'aura été.

Après deux jours d'attente, elle eut cette réponse d'Aristide Froissart :

« Chère madame de Neuvilette,

« Vous n'aviez pas besoin de tant multiplier les appels à ma mémoire pour me rendre présents les actes de générosité de M. le duc de Villa-Réal envers nous. Je les connaissais et n'en avais nullement perdu le souvenir.

« Si une pensée peut adoucir le regret de n'avoir plus mon hôtel du faubourg Saint-Honoré, c'est de savoir qu'il est passé dans les mains d'un homme aussi noble, aussi délicat.

« J'ignorais une seule circonstance de ses rapports avec nous, et j'avoue qu'elle me force à l'estimer davantage. Je ne savais pas que ce fût chez lui que vous vous étiez retirés. Il s'est conduit comme un homme d'honneur, en vous plaçant sous sa sauvegarde; je voudrais l'en remercier de toute mon âme. »

— Décidément, se dit Mme de Neuvilette, il pousse l'ironie jusqu'à l'atrocité ou la simplicité jusqu'à la niaiserie. Comment! il n'aurait pas compris!...

« Mais je ne sens pas bien les conséquences que vous tirez de cette exquise bienveillance. Quel rapport y a-t-il entre les bontés de M. de Villa-Réal et les nécessités nombreuses, incessamment renouvelées, auxquelles vous allez vous trouver soumises?

« Ces bontés ont eu leur cours; que le souvenir n'en meure pas, je l'admets, mais qu'il suffise pour faire face aux dépenses de chaque jour, voilà ce qui me paraît insensé.

« Tel est, du moins, mon avis, et je pars de ce raisonnement pour vous marquer de nouveau la surprise où vous me jetez en me déclarant votre projet de vivre par vos propres moyens.

« Ces moyens, quels sont-ils?

« Vous ne me les dites pas. Comment alors voulez-vous que je vous abandonne à toutes les rigueurs de la misère? Cela ne saurait être.

« D'ailleurs, songez-y, quel tribunal consentirait à cette séparation, connaissant votre position sociale? Aucun n'aurait le pouvoir de la prononcer.

« Pourquoi me dites-vous que vous avez pu être ma dupe? Dupe de quoi?

« Je me demande de quelle façon je vous rends ma dupe, en m'opposant à toute rupture absolue avec votre famille dont je n'attends ni bienfaits, ni successions?

« En vous refusant, jusqu'à nouveaux motifs, ce consentement à une séparation dont vous n'avez pas compté tous les dangers, je suis, chère madame,

« Votre dévoué gendre,

« Aristide Froissart. »

Mme de Neuvilette s'écria :

— Faquin! faquin! tu ne comprends que trop, je le vois maintenant! Mais tu veux encore mieux comprendre. Soit : eh bien! comprends :

« Monsieur Froissart,

« Je vous croyais un esprit plus facile et moins lent à saisir le véritable sens des choses.

« Vous refusez, dites-vous, d'accepter une séparation parce que vous craignez que nous ne puissions nous suffire sans votre assistance.

« Mais je me flattais de vous avoir convaincu de l'inutilité de votre sollicitude, en vous montrant M. de Villa-Réal comme l'ange gardien descendu près de nous pour remplacer le démon dont nous étions délivrés.

« Apparemment je n'ai pas assez dit de quelle manière sa protection s'exerçait en l'absence de la vôtre, le nom qui était dû à cette protection, et enfin, le titre de notre protecteur.

« Puisque vous voulez la phrase technique, vous allez être satisfait.

« M. de Villa-Réal aimait depuis longtemps votre femme; il a vu s'accroître son amour en proportion des cruels traitements qu'elle souffrait; vous comprenez qu'il a dû finir par l'adorer. Jamais Adeline n'aurait connu cette passion, si vous ne l'eussiez forcée par vos rigueurs à se plaindre; si vous ne l'eussiez pas poussée ensuite jusqu'aux pieds de ce jeune homme pour exciter sa générosité en votre faveur, pour le prier d'acheter votre hôtel (je devrais dire notre hôtel), afin de remplir vos coffres vidés par le jeu et les orgies, afin de vous tirer de la prison de Clichy où vous étiez, sans lui, peut-être pour cinq ans.

« Vous l'avez jetée à ses pieds en la poussant chez lui comme une solliciteuse; vous l'avez jetée dans ses bras en la chassant de chez vous à coups de cravache.

« Telles sont les causes de la nouvelle position d'Adeline, votre femme.

« Il me reste à vous guérir de tout scrupule au sujet de la séparation que je vous demande.

« Adeline est aujourd'hui immensément riche : d'abord l'hôtel où nous sommes lui appartient en toute propriété.

« Une large domesticité nous entoure et montre encore plus de zèle que nous n'avons de besoins.

« Chaque heure du jour, c'est une nouvelle galanterie de celui qui nous vaut ce bonheur. Il s'épuise en attentions charmantes; il craint toujours de n'en pas faire assez.

« Au lieu de vos nuits scandaleuses, nous avons des soirées remplies par des conversations affectueuses, entretenues par des projets dont la réalisation dépend d'Adeline. Une reine n'est ni mieux devinée ni plus tôt obéie.

« Ses goûts de jeune femme, si durement contrariés par vous, sont servis avec une largesse à laquelle on ne peut reprocher qu'une excessive prodigalité. Mais en est-il pour un homme aussi riche que le duc de Villa-Réal?

« La porte de l'hôtel, qui ne s'ouvrait autrefois qu'à d'importuns créanciers, ne s'ouvre à présent qu'aux riches amis de M. de Villa-Réal. Et ses amis n'ont rien de commun avec les vôtres.

« M. de Neuvilette et moi croyons parfois voir revivre les beaux temps du dernier règne.

« Je crois en avoir assez dit cette fois, monsieur Froissart, pour vous rassurer sur notre sort présent et à venir, et pour vous mettre dans l'impossibilité de retenir votre acceptation.

« Votre refus n'a plus de prétexte plausible; il ne peut venir que d'un entêtement fort peu compatible avec la délicatesse, je ne dis pas d'un homme d'honneur, on en aurait déjà trop dit à celui-là, mais d'un homme d'une susceptibilité ordinaire. J'attends votre réponse pour savoir si je vous ai encore placé trop haut, monsieur Froissart.

« Marquise de Neuvilette. »

Si Mme de Neuvilette ne disait pas à Froissart qu'on se passerait de son consentement dans le cas où il persisterait à le refuser, c'est qu'elle se souvenait du conseil de son avocat.

Sachant fort bien que tant que Froissart ne demanderait pas lui-même la séparation, la requête serait repoussée par les tribunaux, elle ne le menaçait pas de se priver de son agrément.

Au contraire, tout ce qu'elle voulait, c'était d'exaspérer Froissart au point de lui faire solliciter lui-même cette séparation si désirée.

Et voilà pourquoi elle lui écrivait sur ce ton étrange; pourquoi la colère, l'aigreur, se mêlant à ses intentions de rupture, elle était descendue jusqu'à lui tracer le tableau du bonheur de sa fille, devenue la maîtresse du duc de Villa-Réal.

Elle se laissa entraîner à faire cette peinture si hardie par suite de l'obstination de Froissart à fermer son intelligence à tout ce qui ne serait pas un aveu net et cynique.

Enfin cet aveu était fait.

Voici ce qu'il répondit à sa belle-mère :

« Chère madame de Neuvilette,

« Si je vous ai bien comprise... »

— Dieu merci! il m'a comprise.

« M. le duc de Villa-Réal serait, à vous croire, l'amant de ma femme. Je conviens que les apparences sont pour vous.

« Les soins infinis qu'il a pour elle, ces riches présents qu'un homme comme lui pouvait seul faire, ce bonheur dont il l'entoure, me paraissent des témoignages incontestables de son affection.

« Mais ne nous hâtons pas, je vous y engage, à conclure pour cela qu'il est l'amant d'Adeline. »

— Ah! c'est trop fort, c'est trop fort!

« M. de Villa-Réal est étranger. Il confond la bonté avec la générosité, la générosité avec le dévouement.

« Les nuances, si tranchées chez nous, qui séparent ces divers sentiments, sont à peine perceptibles parmi les nations méridionales.

« Joignez à cela l'extrême jeunesse et l'extrême opulence de M. de Villa-Réal, et vous donnerez à votre conduite une interprétation nouvelle. »

— Je renonce à le convaincre! s'écria Mme de Neuvilette; on ne poussa jamais plus loin la confiance... Mais c'est qu'il se moque encore de moi, oui, je suis jouée! Il saurait donc que la séparation dépend uniquement de sa volonté. Moi, jouée à ce point par Froissart!

Mme de Neuvilette reprit sa lecture :

« Et quand je consentirais, chère madame, à voir dans M. de Villa-Réal un jeune homme dont la générosité n'est pas aussi désintéressée qu'elle m'avait semblé tout d'abord; quand je m'efforcerais, de le croire disposé à devenir l'amant de ma femme, je ne le considérerais pas encore comme tel, par respect pour Adeline.

« Je n'approuve pas qu'elle ait cédé aux offres beaucoup trop affectueuses de M. de Villa-Réal.

« Recevoir en don un magnifique hôtel, des chevaux, des meubles, des domestiques, de l'argent pour acheter, pour renouveler, pour entretenir tout ce luxe, oui, c'est un tort, mais ce tort ne prend pas à mes yeux les proportions que vous lui avez prêtées.

« On dira : « Adeline est la maîtresse de M. de « Villa-Réal, » moi je dirai toujours : « Non, elle « ne l'est pas. » Ce n'est pas sur de pareilles preuves qu'on juge une femme, qu'on la condamne.

« Quoi de plus naturel! Une jeune femme indignée, pour un motif plus frivole que coupable, perd la tête, roule l'escalier, tombe chez un homme riche dont elle est connue.

« Cet homme la reçoit; qui n'eût agi ainsi? Cet homme l'accueille, la garde jusqu'à ce que sa situation soit éclaircie, meilleure. En la gardant près de lui, il cherche à la distraire, à adoucir ses ennuis; mais y a-t-il d'autres manières de se conduire?

« Il lui donne un hôtel; mais voilà bien qui démontre son intention de ne pas vouloir qu'on le suppose l'amant d'Adeline. Il est chez elle; elle n'est pas chez lui.

« D'ailleurs, si parce qu'une femme est chez M. de Villa-Réal, elle est sa maîtresse, vous seriez aussi la maîtresse du duc de Villa-Réal; et je mettrais ma main au feu que cela n'est pas.

« Je ne consens donc point sur les faibles raisons de votre lettre à me séparer d'Adeline; je serais un misérable, un fou, un méchant homme si j'y consentais. Souiller sa réputation sur d'aussi déplorables preuves! Du reste, les tribunaux ne m'écouteraient pas.

« Je suis fâché de vous contrarier. Mais si vous tenez tant à la séparation, que ne la sollicitez-vous tout simplement contre moi au nom de votre fille pour cause de mauvais traitements exercés sur elle? qu'avez-vous besoin de mon adhésion? Je ne démentirai rien de ce que vous avancerez, quoique ma vivacité seule ait été coupable. La séparation sera prononcée; mais n'attendez rien de plus de moi, rien de plus.

« Votre affectionné gendre,

« Aristide Froissart. »

Pendant dix jours, Mme de Neuvilette resta étourdie sous le coup de massue que lui avait porté Froissart par cette lettre, chef-d'œuvre d'hypocrisie.

Plus il employait de raffinements pour repousser les soupçons que s'était fatiguée à lui inspirer contre sa femme Mme de Neuvilette, plus il découvrait sa propre conviction, et enfin lorsqu'il engageait celle-ci à plaider en séparation sans attendre son assentiment, il indiquait assez qu'il ne voulait pas de cette séparation et qu'il savait qu'à lui seul appartenait l'initiative de la requête, depuis la cohabitation de sa femme avec le duc.

Au bout de dix jours de méditation, Mme de Neuvilette poussa un cri de joie, et dans sa satisfaction, elle laissa tomber ses lunettes. A force de creuser son esprit, elle avait trouvé l'idée qu'elle appelait de tout désir.

Si Froissart ne se rendait pas après ce plan de bataille, il fallait renoncer pour jamais à le contraindre par adresse à une séparation.

Ce plan exigeait d'adroites préparations, et il fallait tromper également les deux partis, c'est-à-dire Froissart et Adeline, puis les amis de celui-ci et les nouveaux affidés de celle-là.

Mme de Neuvilette fut l'unique chef de cette conspiration. Elle eut d'abord avec M. de Villa-Réal la conversation suivante :

— Mon cher duc, lui dit-elle, nous partirons bientôt pour Lisbonne, répétiez-vous encore hier à ma fille?

— Oui, madame la marquise, bientôt, dès que les robes et les divers objets que madame votre fille a commandés seront prêts.

— Je suis sûre que vous préférez Lisbonne à Paris.

— Non, madame, Lisbonne n'est pas comparable à Paris. Que sont ses monuments à côté de ceux de Paris? Qu'opposez à vos théâtres, à vos musées, à vos écoles, à vos boulevards, à vos quais? Je conviens que le Tage est plus majestueux que la Seine.

— Vous voyez que la supériorité vous reste.

— La supériorité sur ce point, madame, sur ce seul point.

— Le Tage est donc admirable?

— C'est le mot, madame, avant d'entrer dans la ville, lorsqu'il s'étale large et clair entre deux rives bordées de villas, de châteaux, de couvents.

— Les environs de Lisbonnes sont donc bien remarquables, monsieur le duc?

— Rien ne les égale au monde.

— Avez-vous vu Saint-Germain-en-Laye?

— Non, madame, mais auriez-vous la pensée de le comparer aux campagnes de Lisbonne??

— Mais oui, monsieur le duc, et l'orgueil de croire que vous n'avez rien dans vos environs de Lisbonne, qui puisse entrer en parallèle avec la terrasse de Saint-Germain.

— J'ai un regret, madame la marquise, c'est de n'avoir jamais été à Saint-Germain.

— Comment, vous n'y avez jamais été? mais vous ne pouvez quitter Paris sans avoir vu Saint-Germain. Je tiens à ce que vous jugiez vous-même.

— Vous m'inspirez une singulière envie de voir Saint-Germain; c'est un défi jeté à mon beau fleuve. Si je savais que madame votre fille eût le moindre désir d'y aller...

— Adeline adore Saint-Germain-en-Laye.

— Vraiment!

— Je vous l'assure.

— Pourquoi n'irions-nous pas dîner aujourd'hui à Saint-Germain.

— Aujourd'hui, non, le temps n'est pas sûr.

— Demain!

— Demain non plus; c'est dimanche, et le peuple de Paris y afflue.

— Voulez-vous que ce soit lundi?

— Lundi... mais oui, lundi. Je veux, monsieur le duc, que nous dînions au pavillon d'Henri IV; d'où l'on découvre quinze ou vingt lieues d'horizon, et où l'on dîne bien aussi.

— Vous chargez-vous, madame, de décider madame votre fille?

— Je n'aurai pas beaucoup de peine à cela. Adeline a besoin d'un peu d'exercice.

— Alors madame, comptez sur moi lundi.

— Encore un mot... C'est un défi que je vous ai jeté... m'avez-vous dit, en soutenant que la Seine était plus belle à Saint-Germain que le Tage sur aucun de ses bords?

— Et j'ai accepté ce défi, madame.

— Je le sais; mais quels seront les juges?

— Ceux qui connaissent les deux fleuves.

— Invitez donc quelques-uns de vos compatriotes. Je m'en rapporterai à eux.

Froissard, ayant pris les habitudes des gens de l'endroit, sonnait de la trompe depuis 7 heures du soir à minuit (p. 20).

— Je vais leur écrire en rentrant. Ce sera charmant! Mais c'est une partie...

— Une partie de bonheur pour Adeline.

— Vous ne pouviez rien me dire, madame, qui me fît plus désirer d'être à lundi.

— Jusqu'ici, pensa Mme de Neuvilette, j'ai lieu de bien augurer de mon projet. Maintenant frappons le second coup, abordons les grandes difficultés. C'est à Froissard que je vais m'adresser.

Elle attendit la nuit pour se rendre chez un écrivain public; elle se glissa dans son échope, et s'asseyant près de lui, lui dit :

— Mon Dieu! que je suis fâchée, monsieur de vous déranger si tard; il va être nuit...

— Trop heureux, madame, répondit l'écrivain public, d'être resté jusqu'à cette heure.

il faut pourtant que j'écrive à une personne...
— A un ministre?... au roi?...
— Non, monsieur, à un jeune homme.
— Voici du papier glacé, poulet première qualité. Je comprends, je devine et je sais me taire.
Il ajouta mentalement : Elle aime la jeunesse! Ça doit te coûter, vieille Pompadour!
— Très-bien, mais c'est vous qui allez écrire.
— Volontiers, madame.
— Encore du mystère! murmura l'écrivain.
— Je ne suis plus très-jeune, et quand le jour baisse, il m'est impossible de tracer deux mots sans lunettes.
— A vos ordres, madame.
— Errivez.
— J'attends.

« Mon cher Aristide.

« Ne cherche pas à deviner la main qui t'écrit; ne t'ôte pas, cruel envers toi-même, le plaisir de la surprise. Patiente jusqu'à lundi. Lundi un excellent dîner, une femme que tu as adorée autrefois et la terrasse de Saint-Germain-en-Laye, pavillon d'Henri IV, t'attendront à six heures. Si tu y manques, c'est que tu n'as plus ni mémoire, ni cœur, ni appétit.

A toi. »

Chaque mot de ce billet dicté par une femme de soixante ans avait jeté l'écrivain public dans des abîmes de stupéfaction.
— Après tout, dit-il en lui-même, Aristide est peut-être de l'âge de celle qui lui écrit.
Contre son habitude il se permit de dire :
— Ce billet va réchauffer le cœur du vieillard.
Après avoir agité d'une bouffée de rire le toupet de l'écrivain public, Mme de Neuvilette répondit :
— Le vieillard n'a pas trente ans; mais écrivez l'adresse : *A Monsieur Aristide Froissart.*
Et la marquise laissa en sortant une pièce de cinq francs sur la table.
— Parcourez toutes les tabagies du Palais-Royal, dit-elle ensuite à un commissionnaire, et demandez M. Aristide Froissart : vous le trouverez. Ces huit francs sont pour vous. S'il s'informe de quelle part, vous répondrez : d'une jeune blonde qui descendait de voiture.
— Y a-t-il une réponse?
— Aucune.
Le commissionnaire courait déjà.
En côtoyant les rues voisines des boulevards, Mme de Neuvilette choisit parmi celles de moindre apparence la boutique d'un lithographe, et y entra :
— Monsieur, dit-elle, voudriez-vous lithographier sur-le-champ la circulaire dont je vais vous écrire le contenu?
— Volontiers, madame, répondit le maître de l'établissement. Pendant que vous prendrez la peine d'écrire, je préparerai une pierre. Voilà du papier, des plumes, de l'encre.
Elle rédigea alors cette circulaire :

« Mon cher ami,

« La renommée a dû t'apprendre que je m'étais mis à la porte de chez moi, fatigué de vivre avec trois Neuvilette : la mère Neuvilette, le père Neuvilette et la fille Neuvilette, épouse Froissart.
« La nouvelle n'aurait pas grand prix pour toi, si je n'ajoutais qu'afin de ne jamais oublier cette mémorable action, j'ai arrêté de t'inviter à un grand dîner que je donne à l'amant de ma femme, lundi à Saint-Germain, pavillon d'Henri IV.
« Tu seras en bonne compagnie.
« J'ai tâché de réunir tous mes amis. C'est à cinq heures qu'on débouchera la première bouteille; il m'est impossible de fixer l'heure à laquelle on débouchera la dernière.

« Aristide Froissart. »

— Copiez ceci sur la pierre, et faites-m'en tirer vingt exemplaires.
Le lithographe écrivit de sa belle main sur la pierre, en moins de dix minutes, la circulaire de Mme de Neuvilette.
Quand les vingt exemplaires furent tirés, celle-ci les plia en forme de lettres et pria un commissionnaire d'écrire les diverses adresses qu'elle dicta.
Les exemplaires furent envoyés à Beaugency, au sculpteur Lacervoise, à *la Dernière Guitare*, et à un certain nombre d'amis de Froissart, bien connus, trop connus de Mme de Neuvilette.
Après avoir jeté ces vingt lettres à la poste, Mme de Neuvilette monta dans un fiacre pour regagner son hôtel, se demandant :
— Voyons, n'ai-je rien oublié, n'ai-je rien fait de trop? Non je ne vois rien. Non!
On aura sans doute remarqué qu'elle avait avancé d'une heure sur la circulaire lithographiée le moment du dîner, indiqué pour six heures sur la lettre écrite à Froissart.
On saura pourquoi elle avait employé ces deux indications de temps.
Enfin elle arriva triomphante à son hôtel.

QUELLE PENSÉE VINT A FROISSARD QUAND LE COMMISSIONNAIRE LUI REMIT LA LA LETTRE ANONYME.

— C'est quelque revenez-y d'une ancienne maîtresse qui m'aura vu en rêve; c'est sans doute : Rosine, ou bien Joséphine, ou bien Virginie, ou bien Zoé, ou bien Adélaïde.
Ce sera celle que ce sera. Du reste, qu'elle soit la bienvenue; je n'eus jamais plus besoin de m'étourdir. J'accepte, oui, j'accepte et de grand cœur. Lundi je me trouverai à six heures à Saint-Germain-en-Laye, pavillon d'Henri IV.

LE DINER DE SAINT-GERMAIN-EN-LAYE.

Enfin le jour sur lequel Mme de Neuvilette avait fondé tant d'espérance se leva, et il n'était pas encore deux heures que la verte marquise s'agitait en tout sens, ordonnant aux cochers d'atteler, priant M. de Villa-Réal et Adeline de hâter leurs toilettes, gourmandant le vieux marquis, qui n'en finissait pas de se raser.
Au coup de trois heures, les voitures partirent.
On arriva à quatre heures et demie. Pendant la demi-heure qui restait encore avant le dîner, rien n'empêchait que Mme de Neuvilette et le duc de Villa-Réal allassent s'assurer, suivis de leurs arbitres, si la terrasse de Saint-Germain était ou non supérieure en beauté aux points de vue de Lisbonne, mais le duc ne s'occupait que d'Adeline, le plus doux des paysages à ses yeux, et Mme de Neuvilette ne pensait plus qu'à l'instant suprême.
L'aiguille marquait à peine cinq heures moins un quart, qu'elle exprima le désir de se mettre à table, afin, dit-elle, d'avoir plus de temps à donner ensuite à la promenade sur la terrasse.
— Puisque nous n'attendons plus personne, ajouta-t-elle, qu'on serve le dîner.
La famille de Neuvilette, M. de Villa-Réal et ses amis se trouvaient tous réunis dans le gracieux pavillon qui surplombe la Seine et assis autour d'une table dont tous les couverts n'étaient pas occupés, circonstance que personne ne remarqua. A la droite de la marquise, le marquis de Neuvilette; à sa gauche, sa fille et le duc de Villa-Réal; les autres invités, encadrant, sauf les vides déjà indiqués, la grande table du pavillon.

Les amis de Froissart, Lacervoise, Beaugency, *la Dernière Guitare* et tous les autres avaient pris pour se rendre à Saint-Germain-en-Laye, les voitures de la rue de Rivoli, *Hirondelles*, *Sylphides*, *Aériennes*, *etc.*, et les malheureux étaient excusables de ne pas voyager avec la vitesse de l'éclair.

Pourtant ils arrivèrent à cinq heures un quart. Ils se présentent au pavillon; ils prononcent le nom d'Aristide Froissart. Prévenu par Mme de Neuvilette, un garçon du restaurant leur répond :

— Montez, messieurs; le grand salon!

— Rien que cela, dit Lacervoise, le grand salon!

— Pourquoi pas le Louvre? ajouta Beaugency.

Et en franchissant l'escalier, ils criaient, de plus en plus animés par l'excellent dîner promis :

— Ohé! Froissart!

— Vivent Froissart et son auguste champagne!

— Où est Froissart?

— Froissart ou la mort!

Ils mettent le pied sur le seuil du grand salon et restent tous muets, immobiles. Quinze ou vingt personnes très graves, presque solennelles, sont debout; elles se sont levées aux cris qu'elles ont entendu pousser dans l'escalier.

Des deux côtés on se regarde.

Au bout du salon, le groupe confus, gêné, pétrifié, tendant un pied pour entrer, reculant l'autre pour sortir, et à quatre pas de distance la société du duc de Villa-Réal se demandant des yeux si parmi elle quelqu'un connaissait ces intrus.

Ce qui prolongeait l'embarras, c'est qu'ils n'étaient pas tous complètement inconnus les uns aux autres.

Lacervoise allait formuler l'excuse évasive d'un sage : « Pardon, nous nous sommes trompés de salon, » lorsque Mme de Neuvilette fit deux gestes; par l'un, elle invita la société première occupante à se rasseoir; par l'autre, elle engagea les nouveaux venus à prendre place autour de la table.

Les invités de M. de Villa-Réal, acceptant l'incident en gens bien élevés, cessèrent de s'étonner dès que Mme de Neuvilette eut couvert de sa responsabilité la présence, imprévue, des nouveaux convives.

Quant à ceux-ci, ils cachèrent leur émotion dans leur appétit. Ils mangèrent leur surprise et noyèrent leur timidité dans le vin. L'absence de Froissart les occupa moins à mesure qu'ils s'occupèrent de leurs personnes.

Adeline, seule, était livrée à une perplexité croissante depuis l'arrivée des amis de son mari. Comment se trouvaient-ils à la même table qu'elle? par quel motif, par quel hasard? Ce n'est pas le hasard, réfléchissait-elle..

— Non, oh! non! J'ai lieu de craindre que ce hasard ne soit avec nous, et ne s'appelle Mme la marquise de Neuvilette.

Ayant pêché une espèce de sang-froid au fond des bouteilles, les amis de Froissart purent enfin se communiquer l'état de leur âme. Comme ils étaient rangés les uns près des autres, ils se livrèrent sans obstacles à ces colloques à ras de nappe.

— Je n'y comprends rien.

— Ni moi non plus.

— Ni moi.

— Il nous écrit de venir à Saint-Germain-en-Laye.

— Nous y sommes.

— Et il n'y est pas!

— Il nous annonce que nous dînerons avec l'amant de sa femme.

— Voilà sa femme.

— Et l'amant de sa femme.

— Mais lui n'y est pas.

— Il nous a donc joués?

— Mais non, puisque, excepté lui, tout le monde s'y trouve.

— Mais pourquoi ne s'y trouve-t-il pas, lui?

— C'est qu'il va venir.

— Voilà une demi-heure que nous sommes ici.

— Quand il aurait dû nous devancer d'une heure.

— N'est-ce pas lui qui nous invite?

— Peut-être.

— Tu en doutes? alors explique-nous pourquoi nous sommes ici.

— Ma foi! je m'y perds.

— Vous ne versez pas à ces messieurs, dit aux garçons Mme de Neuvilette. Versez donc à boire!

Les amis de Froissart reprirent :

— Que dites-vous aussi de l'exquise politesse de Mme de Neuvilette?

— Elle qui ne nous adressait jamais la parole.

— Elle qui nous aurait tous fait pendre volontiers.

— Diable! dit Lacervoise, il me vient une idée... Nous sommes pris!

— Que veux-tu dire?

— Je veux dire que nous sommes pris au piège et que c'est un complot.

— Un complot!

— Froissart ne viendra pas. La lettre d'invitation que nous avons reçue...

— Eh bien?

— Elle ne venait pas de lui.

— Mais son écriture?

— La lettre était lithographiée.

— C'est vrai. De qui serait-elle alors?

— De sa belle-mère, qui nous a réunis pour nous rendre témoins de la fâcheuse position sociale de notre ami, auquel elle compte que nous irons rapporter tout.

— Elle en est capable.

— Mais sa fille?...

— Sa fille est mystifiée comme nous.

— Tout cela est bien possible, dit Beaugency.

— Tout cela n'est pas, dit *la Dernière Guitare*, puisque voilà Froissart lui-même.

— Froissart!

Froissart entrait. Adeline baissa la tête. Le duc de Villa-Réal ne douta pas un seul instant de quelle manière se terminerait cette entrevue avec le mari de sa maîtresse.

Une illumination de génie éclaira soudain le cerveau de Froissart. Sa grande supériorité se révéla à lui dès qu'il fut dans le salon.

— Dans dix minutes, se dit Mme de Neuvilette, il aura consenti à la séparation.

Après avoir remis son chapeau à un garçon, Froissart courut à sa belle-mère, la salua; il salua pareillement sa femme, le duc de Villa-Réal et ses amis, puis il alla s'asseoir à un bout de la table.

— Messieurs, dit Froissard, excusez-moi si j'arrive un peu tard, je suis venu à pied.

— Cinq lieues à pied! dit Mme de Neuvilette.

— Oui, madame. C'est par ordonnance du médecin. J'ai besoin de faire de l'exercice; j'engraisse trop.

— Vous avez donc quitté Paris à midi? dit en ricanant Mme de Neuvilette.

— A midi moins cinq minutes, madame.

— Et qu'y a-t-il de nouveau à Paris?

— Mais beaucoup...

— Eh bien, monsieur Froissart, le nouveau de Saint-Germain doit vous paraître encore plus nouveau que celui de Paris.

— Et qu'y a-t-il de si nouveau?

— Connaissez-vous monsieur? demanda Mme de Neuvilette en indiquant M. de Villa-Réal.

— Je tiens monsieur pour un fort galant homme; mais monsieur n'est pas nouveau pour moi.

Le duc avait, en caractère ferme, pris son parti; il attendait l'insulte de Froissart.

Adeline subissait son martyre avec résignation.

Pour les autres personnes, elles mangeaient, buvaient, et si elles remarquaient de la gêne sur certains visages, elles n'en discernaient pas la cause.

— Le plaisir que j'éprouve à les voir, répliqua Froissart, est toujours nouveau.

— Quoi! c'est donc, à votre avis, un événement tout naturel que le rapprochement de vos amis et de ces messieurs, qui leur sont aussi étrangers qu'à vous...

— A boire! dit Froissard avant de répondre.

— Du Frontignan?

— Du Madère?

— Du Léoville?

— De tout! répondit Froissart.

On se mit à rire, et ce fut au milieu de ce rire que Froissard dit à Mme de Neuvilette :

— C'est un événement tout naturel, puisque vous l'avez préparé.

— Moi!

— Ce n'est pas M. le duc. Je le sais trop convenable pour supposer qu'il pût avoir recours à une main étrangère lorsqu'il fait à quelqu'un l'honneur de l'appeler à sa table.

— Moi, monsieur, je n'ai rien écrit.

— Je le sais et je le dis, répondit Froissart.

— Puisque c'est moi, il est inutile d'accuser personne, dit Mme de Neuvilette.

Ce premier engagement, du reste, fort poli de part et d'autre, apprit aux invités que la présence des convives et celle de Froissart, n'appartenaient pas à l'ordre des événements fortuits.

— La position est terrible pour Mme Froissart et pour Froissart, murmurèrent les amis d'Aristide.

— Et quand on songe, dit l'un d'eux, que ce n'est pas Aristide qui a tramé ce complot!

— J'ai presque peur, répliqua un autre. J'ai envie d'aller avertir le commissaire de police.

— Laisse-donc, répliqua Lacervoise. Nous sommes de force è faire des colonnes torses de tous ces messieurs, s'ils remuent.

— Je ne suis pas moins flatté, reprit Froissart, en savourant tous les vins rangés devant lui, de me rencontrer avec M. Villa-Réal.

— Puisque M. Froissart, continua Mme de Neuvilette, est si heureux de se rencontrer avec M. de Villa-Réal, nous n'avons qu'à le féliciter de son bonheur. Messieurs, dit-elle aux amis d'Aristide, une santé à M. Froissart. Garçons, du Toskai!

— Du Toskai! répéta Froissart.

La santé de Froissart fut portée avec enthousiasme par ses amis, et avec une civilité obligée par ceux de M. de Villa-Réal, qui ne but pas.

L'incident du toast proposé par Mme de Neuvilette, accepté par Froissart, changea la disposition d'esprit des amis de celui-ci.

Quand ils virent que Froissart allait au-devant de toutes les railleries de sa belle-mère, et qu'au lieu de l'irriter, ses railleries l'amusaient, ils pensèrent que Froissart ne demandait pas mieux qu'on le plaisantât sur sa singulière position de mari. Froissart leur était rendu. Froissart se quereller, se battre... allons donc!...

Partant de cette opinion, ils perdirent leur reste de timidité; ils se lancèrent.

— Voilà comme nous t'aimons, Froissart, dit Lacervoise.

— Nous t'aimons ainsi!

— Nous te vénérons!

Ce nouveau langage surprit un peu la belle compagnie, celle dont le duc avait la présidence.

— Quels sont ces messieurs? se demandaient-ils.

— Des amis de Mme de Neuvilette sans doute.

— Oui, de nos amis, répliqua Mme de Neuvilette, qui avait entendu.

— Mais le dernier venu, quel est-il?

— C'est mon gendre.

— Oui, je suis le gendre de madame, affirma Froissart en envoyant un salut à la belle-mère.

— Raille, raille, pensa Mme de Neuvilette; nous verrons le dénoûment.

— Mais alors, se confièrent tout bas les amis du duc, nous n'avons pas moins que le mari et l'amant dans le salon... Et que va-t-il s'ensuivre?

— Froissart, dit le sculpteur Lacervoise, tu es plus grand à mes yeux que la colonne; mais permets-nous de te dire que tu t'es grossièrement trompé le premier jour de tes noces, lorsque tu nous disais... D'abord te souviens-tu du premier jour de tes noces?...

— Ils y viennent enfin! pensa la marquise.

— Si je m'en souviens!...

— Après le souper, dit Lacervoise, déjà gris, nous mangeâmes du bœuf froid.

— Et nous fumâmes jusqu'au jour!

— Et nous bûmes du rhum! A propos, du rhum! dit Lacervoise aux garçons.

— Voyons, Lacervoise, tu voulais rappeler quelque chose à Froissart?

— M'y voilà! Je me souviens que tu descendis en robe de chambre dans le salon et que tu nous dis : « Messieurs, j'ai découvert ce que c'est que l'amour; l'amour n'est que de la cusiosité. »

— J'ai dit cela? Eh bien, c'est sublime! assura Froissard.

— Tu ajoutas : « Comme il est de raison, si je dois être Georges Dandin, que celui qui doit me rendre tel est parmi vous, je veux d'avance le guérir d'une curiosité dont plus tard je pourrais être gravement victime. » Et tu dis ensuite : « Messieurs, suivez-moi à la chambre nuptiale. »

— Parfaitement exact!

— Mais, cher Froissart, ce n'est pas un de nous qui a poussé la curiosité plus loin.

Une larme tomba des yeux d'Adeline sur la main désespérée du duc de Villa-Réal.

— Et il ne remue pas! murmura le duc. Quand il se tait, je n'ai pas le droit, moi, de toucher au manche de couteau.

— Aussi je n'accuse aucun de vous, répliqua Froissart avec le plus beau calme, je n'accuse personne de m'avoir fait... Madame peut le dire, ajouta-t-il, en saluant sa femme avec son verre.

Adeline quitta la table; la douleur l'étouffait.

— On crut que le duc allait la suivre; il se dirigea vers la place de Lacervoise et lui dit :

— Monsieur, vous êtes chez moi.

— Chez vous, monsieur, soit!

— Une femme vient de sortir sur vos paroles.

— Qu'ai-je dit?

— Qu'elle avait un amant...

— Alors c'est pour vous, monsieur, que je suis venu.

— Expliquez-vous.

— Voilà une lettre, monsieur, où l'on me prie de venir dîner avec l'amant de la femme de M. Froissart.

— Cette lettre... voyons cette lettre...

Après avoir lu la circulaire de Mme de Neuvilette, de Villa-Réal regarda Froissart qui lui dit, comprenant la portée de ce coup d'œil où étaient écrits ces mots :

— Vous êtes un lâche si vous avez fait cela.

— Monsieur je n'ai pas écrit cette lettre.

— Alors, monsieur, sachez avec moi qui a eu l'infamie de l'écrire.

— Et quand je le saurai?...

— Quand vous le saurez, vous irez demander raison.

— A qui?

— Ce n'est pas à moi à vous répondre, dit le duc, en sortant du salon.

— Quoi! rien n'a pu soulever l'indignation de ce monstre de Froissart, dit presque à haute voix Mme de Neuvilette, exaspérée de n'être pas vnue à ses fins! ni l'ironie, ni les allusions, ni les plaisanteries! Messieurs, dit-elle avec colère, et en interrogeant les amis du duc, si quelqu'un s'était permis d'oser insulter votre femme, que feriez-vous?

— Madame, répondit un d'eux, ce qu'on ferait en pareil cas : je tuerais le lâche.

— Entendez-vous, monsieur Froissard?

— J'entends, madame.

— C'est vous que l'on traite de lâche.

— Je ne le pense pas, dit Froissart, en prenant délicatement un couteau et en le lançant avec un si merveilleuse adresse castillane, qu'il alla se clouer dans le bois de la croisée après avoir coupé et enlevé une boucle de cheveux à la personne qui venait de parler.

— Je ne vous désignais pas, monsieur, dit l'homme si spirituellement scalpé. C'était l'offenseur que je traitais de lâche.

— Alors je retire mon couteau.

— L'insulté est aussi lâche, plus lâche que l'offenseur, dès qu'il souffre l'offense, poursuivit Mme de Neuvilette.

— Qui, est-ce qui est insulté ici? demanda Froissart.

— Vous! vous dis-je.

— Et qui donc m'insulte?

— Ma fille, reprit Mme de Neuvilette, ma fille, messieurs, est née dans un rang qui l'obligeait à unir son nom à celui d'un homme grand par son origine, magnifique par sa fortune, remarquable par sa conduite. Elle a épousé monsieur.

— A l'église de l'Assomption, dit Froissart.

— Je ne voulais pas de ce mariage, mais son père...

— Moi?

— Taisez-vous, mangez des fraises, buvez, ne me démentez pas. Tout ce que la débauche a de révoltant, monsieur nous l'a fait souffrir en devenant l'époux de ma fille. Monsieur fume...

— Du tabac à moi.

— Monsieur joue.

— Au domino.

— Monsieur nous a ruinés.

— Avec mon argent.

— Monsieur a battu mon enfant; et monsieur s'étonne que sa femme, jeune, belle, ait accepté des consolations d'un homme loyal, généreux.

— Moi! je me suis étonné de cela?

— Monsieur va dire partout dans le monde que sa femme a un amant.

— Je ne l'ai pas dit.

— Monsieur nous menace de nous traîner aux pied des tribunaux, et là, noircir sa femme.

— Mais je n'ai rien à dire contre elle.

— Il espère faire prononcer une séparation.

— Ce n'est pas du tout mon intention.

— Appelez-nous donc, si vous l'osez, devant la justice! Affirmez que votre femme à un amant, et nous dirons... elle dira... je dirai...

— Eh bien! que direz-vous, Madame?

— Je dirai que c'est vrai; je dirai que oui.

— Mais moi, je ne dirai rien.

— Vous ne convenez donc pas qu'elle a un amant?

— Le café est servi dans l'autre pièce, vint dire un garçon.

On se leva.

— Il était écrit, s'écria avec fureur Mme de Neuvilette qui se leva la dernière, qu'il ne s'emporterait pas, que rien ne serait pour lui une insulte. J'y renonce, s'écria-t-elle!

DÉPART D'ADELINE

— Dans dix jours vous déjeunerez à Lisbonne, lui dit le duc de Villa-Réal.

— Quoi! nous partons aujourd'hui!

— A l'instant même, madame. Daignez regarder dans la cour de l'hôtel pour vous en convaincre.

— Six voitures! deux fourgons! Et pourquoi tout ce monde, toutes ces femmes?

— Ces voitures sont de votre suite, madame, et ces femmes font partie de votre maison. C'est votre lectrice, votre demoiselle de compagnie, votre femme de chambre, votre couturière, votre coiffeuse; puis ce sont, dans les autres voitures, votre médecin, votre intendant, votre secrétaire, mes valets de chambre et tout ce qui compose indistinctement votre maison et la mienne. Nous ne pouvons pas voyager plus simplement.

Un valet vint lui dire :

Quand madame la duchesse voudra...

— Tout de suite, répondit le duc en offrant la main à Adeline qui resta surprise et bouleversée du titre que lui avait donné un de ses valets.

Mme de Neuvilette et le marquis étaient déjà à leur place, se carrant sur les coussins en velours de leurs bonnes voitures, quand le marchepied de la calèche, destinée à Adeline et au duc de Villa-Réal, s'abaissa. En y posant le pied, Adeline laissa échapper un cri dont l'écho vibra longtemps dans l'esprit de Villa-Réal. Le cri d'Adeline fut : « Vite! vite! »

— Eh bien, dit au marquis la marquise de Neuvilette dès que leur voiture fut en mouvement, ma prière a été exaucée, monsieur le marquis.

— Quelle prière?

— Le Froissart n'a décidément que ce qu'il mérite.

UN POURQUOI ET SES PETITS.

— Pourquoi donc se disait le duc, qui courait en ce moment sur la route de Normandie, pourquoi Adeline a-t-elle dit : « Vite! vite! » en montant ce matin en voiture? Est-ce parce qu'elle regretterait Paris? Est-ce qu'elle ne m'aime pas? Est-ce plutôt parce qu'elle était pressée de quitter cet hôtel où elle a été si malheureuse? Est-ce parce qu'il lui tardait autant qu'à moi de nous voir loin de l'odieux voisinage de son mari? C'est sans doute cela. Mais pourquoi?...

QU'EST-CE QUE LE BONHEUR?

Pendant une heure, une voiture où se trouvaient aussi un jeune homme et une jeune femme marcha côte à côte de la calèche du duc Villa-Réal. La montée étant dure, elles se tenaient l'une et l'autre à peu près sur la même ligne.

— Que ce paysage est beau, mon ami, dit Adeline enthousiasmée à Villa-Réal, je comprends qu'on désire être bergère comme Estelle.

— Cette plaine et ces moutons sont à vous répliqua le duc; voulez-vous que je les achète?

— Que c'est ennuyeux, disait l'autre femme dans l'autre voiture, et toujours des plaines! et toujours des moutons! et toujours des bergers! C'est à crever d'ennui.

Son compagnon soupirait, et ses soupirs signifiaient :

— Il y a quelque chose de plus ennuyeux, en voyage, que les moutons et les bergers.

A quelque mille pas plus loin, Adeline que tout étonnait,, s'écria encore en posant sa main sur le genou du jeune duc :

— Voyez! mais voyez mon ami, ce château bâti là-bas sur cette colline! qu'elle est heureuse celle qui possède cette merveille!

— Son bonheur sera le vôtre, ma bonne amie, si ce château est à vendre. Je vais dire au postillon de nous y conduire. Postillon!

— Qu'allez-vous faire? dit Adeline; je ne puis donc rien désirer que vous ne me proposiez de me le donner?

— Mais sans doute, ma chère amie, répondit le jeune duc; dans notre rang, ce qu'une femme souhaite, elle doit l'avoir.

— Dans votre rang les femmes ne doivent donc jamais rien souhaiter?

— Peut-être que non, ma chère amie, parce qu'elle sont censées n'avoir rien à désirer sur la terre.

— J'ai compris, pensa Adeline en se disant : Désormais je garderai pour moi mes désirs, puisque dans mon rang c'est une faute de les montrer.

La femme de l'autre voiture disait de son côté :

— Encore un château! mais qui donc a prétendu qu'on les avait tous démolis? Quand serons-nous arrivés?

Des sensations si opposées de ses deux jeunes femmes, l'une joyeuse de tout, l'autre dédaigneuse de tout, on pouvait conclure que la première voyageait avec son amant, que l'autre voyageait aver son mari.

La file des voitures entra dans un village où l'on devait déjeuner.

Adeline, qui n'avait jamais voyagé, fut attristée par ce cortège de mendiants qui ne manquent jamais d'entourer les voitures à chaque station.

— Avez-vous de la monnaie sur vous? dit-elle à Villa-Réal; ces pauvres gens font peine à voir.

— De la monnaie! répondit le jeune duc étonné.

— Mais oui, des sous; donnez vite car ces pauvres gens attendent.

— Distribuez cette bourse, répondit le duc.

— Mais je ne vois que des pièces d'or dans cette bourse.

— N'y en aurait-il pas assez?

— Je vous demandais des sous,

— Je ne puis vous donner que ce que j'ai, dit en souriant le jeune duc; et son sourire avait quelque chose de pénible comme de l'indulgence.

— Soit, dit Adeline en mettant une pièce d'or dans la main de chacun des mendiants qui furent si surpris de cette générosité, qu'ils s'en allèrent en courant comme des fous ou plutôt comme des voleurs.

— Etes-vous contente de leur bonheur? demanda le duc à Adeline.

— Si je n'eusse donné que dix sous à chacun d'eux, ils m'auraient remerciée; mais vingt francs c'est une fortune, et vous le voyez, ils se croient déjà riches; ils sont presque déjà ingrats. Vous n'aviez donc pas de monnaie sur vous?

— Ma chère amie, lui répondit le duc avec ce même ton de pénible bienveillance qu'il avait déjà eu lorsqu'Adeline avait manifesté son admiration pour le château gothique; ma chère amie, de même que nous portons des gants blancs, des mouchoirs de batiste, de même nous portons de l'or. C'est un signe de notre condition, L'or est notre monnaie, comme le blason est notre enseigne. Vous seriez bien aimable à l'avenir de ne faire usage que de l'or, de ne toucher avec vos mains blanches que de l'or, puisque les diamants ne sont pas une monnaie.

— Je le veux bien, dit Adeline en rougissant de la leçon, quoiqu'elle eût été faite avec une exquise bonté. Mais à l'avenir comment ferai-je l'aumône?...

— Comme vous venez de la faire à présent.

— Toujours avec de l'or? rien qu'avec de l'or?

— Si vous ne voulez pas donner de l'or, priez vos gens de distribuer pour vous de la petite monnaie aux mendiants de la route.

— Quoi! faire faire l'aumône par d'autres, y pensez-vous?

— Eh bien! donnez, donnez de l'or comme je vous le disais, ma chère amie. »

Adeline se tut; elle pénétrait difficilement dans cette chaussure de fer qu'on appelle l'étiquette.

Mais les mendiants avaient disparu pour faire place à d'autres mendiants, à une nuée de valets d'hôtel, ouvrant des salons aux riches voyageurs.

L'un débarrassait Adeline de son manteau, l'autre réclamait son manchon; tous se disputaient l'honneur de lui rendre quelque inutile service. En entrant dans un quatrième salon au bout duquel se trouvait le jardin de l'hôtel, Adeline, qui avait jeté comme par hasard les yeux sur une glace, poussa un cri qui fit tressaillir d'effroi le duc de Villa-Réal.

— Qu'avez-vous? lui demanda-t-il.

— Rien, je vous assure, rien.

— Cependant ce cri de terreur...

— Une vive douleur au genou... mais c'est déjà passé. Pardon de vous avoir tant effrayé.

— Vous me rassurez, dit le duc, en faisant asseoir Adeline à la table du déjeuner.

— Comme elle est pâle, se disait le duc en la regardant. Comme elle est pâle! »

CONTINUATION DU VOYAGE.

Adeline fut médiocrement satisfaite de voir monter une troisième personne dans leur calèche au moment de reprendre la route du Havre. Quand cette personne qu'elle ne connaissait pas fut assise en face d'elle et du duc :

— Monsieur est votre médecin, dit le duc.

— J'ai cet honneur, ajouta le jeune docteur.

— Un médecin! et pourquoi faire un médecin?

— N'avez-vous pas souffert, ne souffrez-vous pas encore, dit le duc, de votre genou?

— Oui, j'ai souffert... mais la douleur n'est plus revenue.

— Elle peut revenir, reprit de Villa-Réal; monsieur sera heureux d'appliquer les ressources de sa vaste et nouvelle science à votre maladie.

— Je n'ai aucune maladie, je vous jure.

— Ne dites pas cela, continua de Villa-Réal vous êtes encore toute pâle. Monsieur n'est pas d'ailleurs un médecin comme il y en a tant. C'est le plus distingué des homœopathes.

— En effet, vous voyez en moi, dit le docteur, un des plus acharnés ennemis de la Vieille. C'est le nom, madame la duchesse, que nous, homœopathes, nous donnons à l'ancienne médecine.

Adeline aurait peut-être fait de nouvelles observations, mais l'on ne pouvait pas jeter un médecin, même homœopathe, par la portière.

Le docteur Vakenski, Polonais, avait des lunettes d'or à cheval sur un nez épaté et devant des yeux bleus amidon, et parlait avec un ton de parfaite assurance. C'était un homme de trente-cinq ans, coloré, proprement mis, mais fade dans toute sa personne.

— Avant d'entreprendre le traitement de madame la duchesse, dit-il à Adeline, je dois vous demander si vous n'avez jamais eu la gale?

— La gale! s'écria Adeline; mais monsieur!...

— Oui, la gale, parce que si vous aviez eu la gale, grâce à mon traitement elle reparaîtrait après la guérison de votre genou.

— Mais c'est affreux, monsieur, ce que vous dites-là.

— Madame la duchesse a-t-elle eu ou n'a-t-elle pas eu la gale?

— Je n'ai jamais rien eu de semblable.

— En ce cas je vous la donnerai.

— Vous me donnerez la gale!

— Une fausse gale; presque rien, une effervescence légère; mais ensuite vous ne ressentirez plus aucune douleur au genou.

— Monsieur plaisante, je le crois, dit Adeline.

— Ma chère amie, dit le duc, monsieur traite gravement les choses graves; il est médecin de Dona Maria, ma bien-aimée souveraine.

Sa digression homœopathique étant faite, le docteur Vakenski ouvrit une petite boîte qu'il avait tenue sur ses genoux. Adeline put voir alors, rangée avec l'ordre d'un reliquaire, cinq ou six cents bouteilles pas plus grosses que le corps d'une épingle, dans lesquelles il n'y avait rien du tout. Vakenski prit ensuite une de ces bouteilles microscopiques et la regarda au jour avec l'attention la plus scrupuleuse.

Il dit, après en avoir examiné trois :

— Madame la duchesse respirera d'abord celle-ci toutes les heures. Madame la duchesse respirera ensuite celle-là toutes les demi-heures. Et madame la duchesse respirera enfin celle-là tous les quarts d'heure.

Le docteur Vakenski ferma la boîte et remit les trois imperceptibles bouteilles à Adeline.

— L'homœopathie, dit-il ensuite, est d'autant plus admirable dans ses applications, qu'elle ne vous empêche ni de marcher, ni d'aller à vos affaires, ni de vous livrer à vos plaisirs.

— Je ne profiterai guère du privilège en restant enfermée dans cette calèche. C'était presque de l'esprit. Le docteur Vakenski ne comprit pas.

Un seul moyen restait à Adeline pour se débarrasser de ce fléau homœopathique, c'était de se dire guérie dès le lendemain, ce qu'elle n'oublia pas de faire; mais le docteur, qui ne trouvait pas là son compte, lui dit :

— C'est une fausse guérison. Je vais demeurer auprès de vous, madame, jusqu'à plus ample conviction.

Enfin, obligée de mentir, Adeline, qui n'avait que trop retenu le système du docteur, s'écria quelques jours après leur arrivée au Havre, où ils allaient s'embarquer pour Lisbonne :

— Ah! monsieur! je sens une forte démangeaison derrière l'oreille.

— Vivat Polonia! s'écria le docteur Vakenski, c'est la gale. Autre traitement.

Ce ne fut qu'après avoir fait semblant de respirer deux ou trois mille fois ces infernales petites bouteilles, qu'Adeline se débarrassa tout à fait du docteur Vakenski.

Mais elle tomba réellement malade au bord du vaisseau qui les menait à Lisbonne. Et redoutant cent fois plus que la maladie, de recourir aux soins du médecin Vakenski, elle souffrit en silence, mangea quand elle aurait dû observer la diète, sourit lorsqu'elle aurait voulu se plaindre, et s'exposa à l'air vif de l'Océan quand il eût fallu qu'elle restât tranquillement et chaudement dans sa cabine. Elle arriva mourante à Lisbonne.

MADAME LA DUCHESSE DE VILLA-RÉAL DANS SON PALAIS.

Plus de quinze jours se passèrent avant qu'Adeline eût repris les forces nécessaires pour parcourir Lisbonne et ses admirables environs; elle resta enfermée dans les royaux appartements de son palais de la rue de l'Or, ne voyant le duc qu'aux heures du repas. Sa mère et son père, que l'étiquette lui défendait de recevoir pendant sa maladie, habitaient une aile tout à fait isolée. Cette solitude, interrompue trois ou quatre fois par jour, par la présence de l'homme qu'elle aimait, fut pour elle d'abord un repos dont elle avait besoin; mais cette séquestration prolongée devint, les jours suivants, un vide pénible, et successivement de la tristesse, de la langueur, de la mélancolie. Elle n'en parut que plus belle et plus intéressante aux yeux de Villa-Réal, aussi fanatiquement épris dans le tête-à-tête, qu'il était grave devant les gens dont ils étaitent entourés. Cette solennité semblait s'augmenter d'heure en heure depuis leur arrivée à Lisbonne. Il devenait un homme différent. Sa jeunesse, son langage, son empressement, subissaient une décoloration graduelle.

— Peut-être souffre-t-il de ma peine, pensait quer ces différences qui ne l'empêchent pas de m'aimer ici comme il m'aimait à Paris?

— Mon ami, lui dit-elle enfin, je suis mieux, un peu d'exercice achèverai de me rétablir.

Un éclair de joie passa, à ces premiers mots d'Adeline, sur le visage de Villa-Réal.

— Que je suis heureux de ce que vous me dites! J'attendais cette bonne nouvelle de votre bouche, mon amie.

— Oui, mon ami, ma mélancolie me quitte; la vue de votre belle ville, dont vous me parliez sans cesse à Paris, me rendra entièrement la santé, et je la veux pour vous. Je n'ai qu'à mettre mon chapeau, mes gants, et vous allez me donner votre bras. Nous visiterons ensemble ce matin, les promenades de Lisbonne, les plus rapprochés d'ici. Demain, nous irons voir le quartier des marchands; après-demain, la marine; les jours suivants, les monuments, les églises. Le bruit de la grande ville, ses habitants, leur langage, leurs costumes, toutes choses nouvelles et doublement précieuses pour moi, puisque je les verrai avec vous, me distrairont, m'amuseront et, me guériront, si vous le voulez, mon prince.

— Si je le veux, Adeline!

— Eh bien! c'est convenu. Partons!

— Mais comment vous proposez-vous de sortir? à pied ou en voiture?

— Pas de voiture! s'écria Adeline, pas de voiture pour quelque temps, je vous en supplie : J'ai besoin de faire usage de mes jambes; je je veux marcher, aller où il me plaît, vivre, voir, respirer, et vos voitures à Lisbonne sont des tombeaux. Nous sortirons donc à pied, comme à Paris; je vais sonner, ma femme de chambre m'apportera mon chapeau et mes gants. Dois-je aussi demander une ombrelle?

— Vous saurez qu'à Lisbonne, les personnes de qualité ne se montrent jamais à pied dans la rue. Cela ne se serait jamais vu... ce serait du scandale.

— Vous ne voulez donc pas que je sorte à pied? demanda Adeline avec un accent de soumission qui aurait fait violer l'étiquette la plus sacrée à un gentilhomme français.

— Sommes-nous libres de nos volontés? répliqua le duc. Nous sommes les esclaves d'antiques usages, de vieilles mœurs...

— Sortons donc en voiture, puisque cela est ainsi, mon ami. Conformons-nous aux usages.

Adeline leva une seconde fois le bras pour sonner sa femme de chambre; une seconde fois de Villa-Réal la retint avec un sourire pénible.

— Je vous ai dit, mon amie, que notre bien-aimée souveraine est depuis huit jours à son palais de Cintra.

— Mais nous n'allons pas voir la reine.

— Vous ne savez donc pas que, lorsque la

cour n'est pas à Lisbonne, la haute noblesse aussi est censée ne plus y être? On outragerait cette fiction si l'on se montrait publiquement en plein jour.

— Et combien de jours Sa Majesté demeurera-t-elle à Cintra? demanda Adeline découragée.

— Deux mois, répondit Villa-Réal. Cela va vous paraître bien long...

— Non, mon ami, puisque vous serez avec moi. Mais convenez que les mœurs de Paris sont bien plus naturelles.

— C'est que la France, ma chère amie, n'est plus un pays d'aristocratie comme autrefois. Laissons ces principes, et occupons-nous de vous dédommager au plus vite. Je ne puis abréger le séjour de la reine Clara, mais, puisque vous n'êtes plus malade, je puis, en attendant le retour de Sa Majesté, vous faire connaître, dans un dîner que je donnerai dans un mois, les premiers d'entre gentilshommes portugais. Il est temps que je leur présente ma femme....

— Votre femme! murmura Adeline.

— Seriez-vous ma femme, je ne vous aimerais pas davantage; la seriez-vous réellement, les personnes que nous aurons ici dans un mois n'auraient pas d'autres preuves à nous demander puisqu'il leur a été dit que je m'étais marié à Paris. D'ailleurs, j'ai prêté des sommes immenses, je viens en aide chaque jour à la grandesse portugaise. On ne demande à l'or ni quel est son père ni à quelle paroisse il s'est marié. Mais voici qui est infiniment plus important. Ce serait se brouiller avec la grandesse portugaise que de faire la plus légère erreur sur les noms qu'elle porte. Appliquez-vous donc à vous souvenir des noms de nos invités, de leurs titres, de leur rang.

— Et ces noms? demanda Adeline...

— Les voici.

Le duc tira une longue liste de sa poche et lut :

— Le comte de Mascarenhas de San Vincente da Beira:

Le marquis Balsamaô de Golegâa;

La marquise Guimaraens de Monforte de Rio;

La comtesse Alafoès de Villa Velha de Rodào;

Le duc Ourique de Freixo de Numans;

— Mais jamais, interrompit effrayée la pauvre Adeline, je ne pourrai me souvenir de ces noms-là, les dire, les prononcer.

— Il en reste encore pourtant deux cents.

— Deux cents!

— C'est que si vous ne les savez pas, il m'est impossible d'inviter ces grands personnages à dîner Comment faire? Soyez très gravement malade alors... Je ne vois que ce moyen.

— Malade! s'écria Adeline. Donnez, donnez ces noms. Je les saurai dans un mois, ou je serai morte.

— Vous êtes charmante, lui dit le duc en l'embrassant sur le front; dans peu, vous serez une duchesse accomplie. Vous vous étonnez de l'ampleur de ces noms! Vous ne savez donc pas le mien, chérie?

— Ne vous nommez-vous pas Octave de Villa-Réal?

— Ce n'est qu'une faible partie de mon nom. Le voici : Braamcamp Borges Castello Pinto Corruche Maxenaô de Villa-Réal.

— Grand Dieu! — Octave, c'est bien plus joli!

LES USURIERS.

— Tu vois devant toi, cher Malastre (c'était le nom de l'usurier), dit Froissart, quatre jeunes gens de bonne famille, complètement à sec.

Claude Malastre, l'usurier, alla aussitôt s'assurer que les portes étaient fermées, et il ne revint qu'après avoir écouté, au bas de l'escalier, par lequel sa femme et ses enfants étaient montés dans leur chambre pour se coucher. Il ferma ensuite la porte qui cachait cet escalier de communication.

Quand il vint reprendre sa place, sa figure n'avait plus l'aspect paternel qu'elle offrait au milieu de sa famille.

— Vous voulez encore de l'argent, dit-il.

— Ou de l'or, riposta Froissart. A ton choix.

— L'argent est plus rare que jamais, mes amis. Au reste, je ne veux plus, je ne puis plus prêter.

— Ne t'avons-nous pas rendu fidèlement?

— Sans doute. Mais vous me devez encore...

— Bagatelle! deux mille francs à nous quatre; c'est à reporter sur nouveau compte. Au lieu de deux mille francs, portes-en quatre mille : nous ne t'en devons que deux.

— Je voudrais, répondit Malastre, que vous trouvassiez un autre prêteur. A franchement parler, j'ai plus de bénéfice à faire valoir mes carrières de plâtre du Loiret qu'à éparpiller ainsi mon argent. D'ailleurs, je suis gêné, très gêné; mes charges de famille augmentent chaque jour; Le croiriez-vous? je n'ai pas cent francs chez moi.

Froissart ne se déconcerta pas.

— Cela ne me surprend nullement, répliqua-t-il. Tu es trop bon envers certains emprunteurs. Si tu avais eu de l'argent, nous t'aurions prié de nous avancer mille francs seulement.

— Seulement! s'écria Malastre. Mais en vérité l'argent fuit de vos mains comme l'eau d'un panier. Qu'en faites-vous donc?

— C'est vrai, dit Froissart, nous le dépensons vite, mais nous le dépensons bien. Contre ces mille francs que tu nous donnerais, si tu les avais, nous te donnerions tous quatre notre signature.

— J'aimerais mieux autre chose. Une signature, c'est la garantie de l'avenir. Quel fond pouvez-vous faire sur l'avenir, surtout quand votre avenir se réduit à trois mois? car ma femme, vous le savez, ne veut pas que je me risque pour un temps plus long.

— Tu veux rire, Malastre. Quel avenir, dis-tu? moi d'abord, j'ai un père dont je suis le seul et unique héritier. A sa mort, j'aurai trente mille livres de rentes.

— Oui, à sa mort, murmura Malastre.

— Parbleu! ne faut-il pas qu'elle arrive?

— Nous sommes tous mortels, sans doute, mais à quoi bon raisonner? Tous mes fonds, je vous le répète, sont occupés.

— C'est bien fait, c'est prudent. Cependant je te dirai que mon père était très malade hier.

— Oh! tant pis, dit Malastre.

— Oui, tant pis, mais pour moi, son fils.

— Ne parlez pas ainsi, monsieur Froissart.

— Bah! un jour de plus, un jour de moins. Lui mort, je règle avec toi sans attendre le terme de notre lettre de change. Si demain, demain...

— Ne pourriez-vous avoir aussi monsieur Froissart, la signature vénérée de monsieur votre père?

— Pourquoi pas celle de Louis XIV? Crois-moi, contente-toi de nos quatre signatures. Celle de Beangency vaut celle d'un financier; il a été reçu avocat la semaine dernière et il a une grande affaire au criminel. Si tu l'entendais plaider!

— Je m'en tirerai à ma gloire si j'en crois mes amis et mes pressentiments, dit Baugency avec emphase. L'affaire est forte. D'ailleurs le barreau parisien est mort. De qui parle-t-on? de personne. Un homme éminent par la parole est sûr d'un grand retentissement. C'est une place à prendre. Je la conquiers. Je suis jeune, j'ai de la chaleur dans la poitrine; je m'émeus facilement, je bous. C'est là un des caractères de l'éloquence.

— Vous feriez peut-être mieux de plaider au civil, reprit Malastre. On gagne moins en gloire, plus d'argent; on se fait en outre une clientèle.

Froissart commençait à s'avouer qu'il avait rarement vu Malastre en de si mauvaises dispositions.

Malastre, s'adressant à Froissart, reprit :

— Puis, monsieur Froissart, vous menez encore, soit dit entre nous, une existence trop luxueuse pour un homme ruiné. Vous avez un chien.

— Il m'est indispensable.

— Enfin, vous le nourrissez?

— Moins encore que tu ne le crois.

Lacervoise se mit à rire.

— Je suis désolé de ne pouvoir vous satisfaire, reprit l'usurier; mais je le répète une troisième fois, je n'ai pas cent francs chez moi.

Malastre avait exprimé d'une façon si nette son refus, que Lacervoise s'était levé pour partir, avec toute la funeste impatience des artistes. Il y avait certainement peu à espérer, puisque Froissart s'était hâté de prendre son chapeau pour suivre Lacervoise.

Cependant, après être demeuré en place un instant pour réfléchir, Froissart, sans laisser paraître le moindre dépit, se pencha à l'oreille de Lacervoise et lui dit tout bas quelques mots. Celui-ci s'arrêta brusquement

— Malastre, dit Froissart déjà à la porte, tu ne peux nous prêter mille francs; veux-tu m'en prêter quatre mille?

— Revenez tout seul demain matin, répondit Malastre. Nous verrons à nous entendre. Bonsoir, messieurs! ma femme m'appelle.

Les trois jeunes gens se trouvèrent dans la rue.

— Mais le coup est divin! s'écria Lacervoise.

— Que cache-t-il de mystérieux, s'écria à son tour *la Dernière Guitare*, pour que Malastre se soit décidé sur-le-champ.

— Il n'y a rien de mystérieux là-dedans, répondit Froissart avec un air de suffisance. Un usurier est bien moins sûr d'être remboursé lorsqu'il ne prête que mille francs à quatre jeunes gens que lorsqu'il prête quatre mille francs à un seul qui a un père riche.

— C'est beau! s'écria Lacervoise.

— Mais reste à savoir maintenant à quel intérêt il prêtera la somme.

L'USURIER D'UN USURIER.

Il n'était pas encore jour le lendemain que Malastre sortit de chez lui. Il s'enfonça dans le faubourg Saint-Germain; les boutiques commençaient à s'ouvrir. Malastre s'arrêta à l'entrée de la rue des *Mauvais Garçons*, une des plus ignobles rues du vieux Paris; il frappa trois coups à une petite porte basse, perdue sous une voûte surbaissée.

Claude Malastre s'enfourna dans cette tanière.

— C'est donc toi Claude?

— C'est moi, Girofflac..

— Entre dans le salon.

Le salon de Girofflac était un véritable mont de-piété, atrocement mêlé par un coup de vent. Tout s'y entassait. C'était riche et curieux, triste et bouffon à voir. Aux murs pendaient sur une corde des habits, des épées, des pistolets de luxe; armes, habits, ornements laissés en gage par des emprunteurs oublieux. Dans une zone de cette étrange pièce, on apercevait une collection d'animaux empaillés, un siège où faire asseoir son ami. Il ne trouva qu'un ours.

— Asseyons-nous là-dessus, dit-il à son confrère; je n'ai presque rien prêté sur cet objet, c'est un boni. Quel bon vent t'amène?

— Il me faut quatre mille francs, dit Malastre.

— Prends mes lions, mais ne me demande pas de l'argent. Je n'ai pas un petit écu sonnant chez moi. Veux-tu deux cents selles de cheval, — tout cuir du Brésil?

— Il me faut quatre mille francs. Je t'en rends cinq mille dans six mois. Cela te va-t-il?

— Tu as donc découvert une mine?

— Non, mais sur les quatre mille francs, au cas, j'ai un bénéfice égal à celui que je te propose.

— Finaud! tu en gagnes au moins quatre mille sur quatre mille, si tu n'en gagnes pas huit mille. Je te connais comme Phanor, mon chien.

Phanor aboya; il crut que son maître l'appelait.

— Veux-tu, Girofflac?

— Mille sur quatre mille pour six mois. Non, j'en veux deux mille.

Malastre se leva pour partir.

— Voyons, Malastre, ne sois pas si dur envers le pauvre monde. Si c'était pour toi, je te prêterais pour rien, au denier dix.

Malastre allait sortir.

— Ecoute, Malastre, si tu veux faire une affaire avec moi, je te cède par-dessus le marché ma collection d'animaux; c'est une collection superbe, c'est vivant. Tout cela pour dire que je fais une affaire avec toi.

— Va donc me chercher les quatre mille francs.

— Attends-moi donc, répondit Girofflac, et en m'attendant amuse-toi avec la collection.

Girofflac était déjà dans la rue.

L'USURIER DE L'USURIER DE L'USURIER.

Il n'alla pas loin. Sur les marches de Saint-Sulpice était accroupi un mendiant goîtreux, déguenillé, aveugle, hideux; araignée d'église. Giroflac lui frappa sur l'épaule. Le mendiant comprit.

Tosu deux entrèrent furtivement dans l'église. A l'ombre d'un gros pilier, Girofflac dit au mendiant :

— Il me faut quatre mille francs.

— Tout de suite? demanda le mendiant.

— Tout de suite.

— Et qu'aurai-je pour mes prières?

— Deux cents francs, clairs comme tes yeux, quoique tu fasses l'aveugle.

— Pour combien de temps?

— Pour six mois.

— Les noyaux sont rares en ce moment, objecta le mendiant, et mes fonds voyagent.

— D'accord, mais consens-tu?

— Je veux cinq cents francs.

— Comme tu chantes haut! est-ce que nous sommes à vêpres?

— Décide-toi, Girofflac. J(ai déjà perdu trois sous depuis que tu me tiens là.

— Soit, cinq cents francs. Mais tu recevras les cinq cents francs, moitié en argent, moitié en perruques. J'ai pour deux cent cinquante francs de cette marchandise.

— Et ces perruques sont-elles neuves?

— Elles viennent de la succession d'un ancien sénatur.

— Attends-moi, dit à son tour le mendiant à Girofflac. Tu vas avoir ta somme.

— Va.

— Tu me donneras dix sous pour compenser les aumônes que tu m'as fait perdre.

— Gourmand! lui dit Girofflac en lui tirant doucement d'oreille. Tu les auras. Va! mais va donc!

Enfin l'argent arriva à Froissart et à ses trois amis de cette manière :

Les quatre mille francs avaient coûté cinq cents francs à Giroflac donnés au mendiant; deux mille francs à Malastre, donnés à Giroflac; quatre mille francs à Froissart, à donner à Malastre.

FROISSART TROUVE UNE INDUSTRIE.

Réduit à ses propres forces, c'est-à-dire à la plus profonde misère, Froissart, à bout d'usurier, se dit :

— La boussole est à peu près inventée, les paratonnerres aussi; qu'inventer? Si je n'invente rien, je m'abandonne au suicide, que je n'ai pas même inventé.

Je suis pris entre l'impossible qui a été atteint, et l'impossible que je n'atteindrai jamais.

Qu'y a-t-il donc à inventer?

Tout à coup une voiture armoriée passa et couvrit de boue un député de l'opposition.

— Manant! malotru! faquin titré! s'écria le député en entrant dans le palais Bourbon.

Froissart fut frappé d'une illumination soudaine.

— Pourquoi, se demanda-t-il, ce député a-t-il insulté ce noble? S'il était noble lui-même, il se serait tout simplement essuyé, et il n'eût rien dit. C'est l'envie qui a excité sa colère; il voudrait être noble. Cent mille pensent et se conduisent comme lui. Si on les faisait nobles, ces cent mille? Et si c'était moi, qui sais le blason mieux que personne en France.

Rue de Grenelle-Saint-Germain! cria Froissard à ses bottes, et ses bottes les conduisirent rue de Grenelle-Saint-Germain.

Froissart entra dans la cour d'un magnifique hôtel.

— Madame, dit-il à la femme du concierge, votre premier est-il convenable?

— Comment! c'est le prince de Miramolinofski qui l'occupait.

— Cela ne prouve rien. Combien de pièces?

— Quatre sur la cour, quatre sur le jardin.

— Monsieur remarquera que nous avons écurie.

— Pour combien de chevaux?

— Combien le loyer?

— Trois mille francs. L'appartement est libre.

— Allons! je prends votre bicoque. Otez l'écriteau.

Trois jours après, on lisait en gros caract res dans tous les journaux :

GRAND COLLEGE NOBILAIRE
DE FRANCE
Sous la direction
DU
CHEVALIER DE SAINTE-CROIX
Membre de plusieurs ordres militaires, civils
et religieux
RUE DE GRENELLE-SAINT-GERMAIN
Le prospectus est distribué gratis à l'hôtel du grand collège nobilaire de France.

La question des meubles causa quelque embarras, mais le chevalier de Sainte-Croix parvint à les lever en disant au concierge qu'il aimait mieux vivre en quatre murs que d'acheter des meubles modernes. Encore quelques jours et son mobilier archéologique serait déposé à sa porte par le roulage.

Quoi qu'il en soit, la cloche était fondue : le chevalier était installé.

Son premier soin fut de clouer à chaque porte des plaques de cuivre où on lisait :

Salle d'atente, Salon de réception, Salle du conseil, Pièce des nobles, Cabinet de M. le chevalier de Sainte-Croix, Conseil, Caisse.

Cette dernière pièce était fausse.

Quelques jours après, le riche locataire rentra vêtu de noir, suivi d'un homme vêtu de noir, suivi à son tour d'un commissionnaire portant une table et des liasses de vieux papiers enfumés.

Ces papiers étaient sa bibliotèque, les archives et le trésor de la maison; et cet homme qui n'était autre que son ami, *la Dernière Guitare*, représentait un domestique, un commis, un introducteur et un garde des sceaux.

Il est temps de dire ce que promettait le prospetus.

En voici les parties les moins obscures :

« Un collège nobilaire a été fondé à Paris, dans le but d'offrir un centre de réunion à toutes les personnes titrées du royaume. Elles y trouveront des éclaircissements qu'elles chercheraient vainement ailleurs sur leurs familles, leurs races, leurs titres, leurs devises, etc.

« Un billard st attaché à l'établissement.

« A l'aide des pièces précieuses qui seront communiquées aux membres de cette association, ils pourront reprendre dans le monde le rang auquel ils ont droit par leur naissance.

« Chaque membre n'est imposé que pour la somme de quatre-vingt francs par an, payables d'avance.

« Les personnes non titrées ne sont pas appelées à faire partie du cercle.

« (*Affranchir*). »

Sous ce prospectus visible en était un autre moins innocent et qui s'explique par une des premières visites que reçut l'établissement.

— M. le chevalier de Sainte-Croix?

— Dans son cabinet.

L'inconnu, qui avait la vue très basse, se dirigea à tâtons dans une pièce obscure.

— M. le chevalier de Sainte-Croix?

— Moi-même. Veuillez prendre la peine de vous assoir.

Froissart recula : c'était son père qu'il avait devant lui.

— J'ai plus d'une raison de croire, monsieur le chevalier de Sainte-Croix, que j'appartiens à une race noble.

— J'en suis convaincu, répondit Froissart en déguisant sa voix.

— Mes aïeux eurent le tort de négliger cette prétention.

— Moi! je m'en suis souvenu.

— Vous avez bien fait!

— Je voudrais être plus authentiquement noble, pour me marier avec une vieille dame de qualité; et, aussi, afin de ne plus passer pour le père d'un fils que j'ai. Je voudrais enfin un nom, un titre et des armes.

— Comment vous nommez-vous?

— Jean Cascaret Froissart.

— En vérité?

— Monsieur, je ne suis pas ici pour mentir.

— C'est que moi je suis ici pour cela. Quels noms vous avez! D'abord il faut que vous renonciez à deux de vos noms, pour n'en conserver qu'un : celui de Cascaret.

— Soit!

— Oui! mais il faut encore établir que vous vous appelez ainsi par corruption. Quel pays habitaient vos parents?

— Grenoble.

— Eh! monsieur Cascaret, vous êtes d'origine bretonne. Vous vous appeliez autrefois Kaskarouët. Vous avez perdu deux *kk* en émigrant dans le Dauphiné.

— Vous croyez!

— J'en suis sûr! Désormais signez hardiment Kaskarouët. Plus de Cascaret. Quel est le titre qu'affectionne monsieur de Kaskarouët? Chevalier, c'est joli, c'est musqué. Puis, il ne faut pas effaroucher. Baron, c'est inquiétant; marquis, appelle l'attention; chevalier, cela va tout seul. Essayons! on annonce :

— M. le chevalier Kasharouët de Kasekarouët. Cela fait bien.

Vous mourez. Essayons :

« Encore un vieux nom qui s'est éteint! Hier est mort dans les bras de la religion le chevalier Kaskarouët de Kasëarouët. »

C'est superbe! Vous voilà donc chevalier de Kaskarouët! s'écria Aristide Froissart, en s'inclinant devant son père.

— Sans doute, répondit celui-ci; mais où sont mes titres, mes preuves?

— Attendez! jusqu'où voulez-vous remonter?

— Jusqu'à Saint-Louis.

— Pas possible. Contentez-vous d'Henri IV.

— Malaga! Malaga! c'est le nom de mon secrétaire, dit Froissart, qui avait donné ce nom à *la Dernière Guitare* : C'est aussi un gentilhomme. Il descend du fameux Cid de de nom.

— Je ne savais pas que le fameux vin...

— Malaga! une lettre d'Henri IV à un aïeul de monsieur; Monsieur est un Kaskarouët.

— Courte et expressive. Le grand roi l'écrivit après la bataille de Dreux. Style du Béarnais.

— Oui, monseigneur.

La Dernière Guitare sortit.

— En attendant qu'Henri IV ait écrit sa lettre à M. votre aïeul, monsieur le chevalier veut-il que nous composions ses armes?

— Je les veux magnifiques.

— D'or plein. Les voulez-vous d'or plein?

— Ce n'est pas asez varié: Je veux des lions.

— C'est dangereux. Beaucoup de familles allemandes ont deux lions.

— Mettez-en trois.

— Va pour trois lions. Composons donc : Vous portez d'argent aux trois lions de gueule, superposés, léopardés, griffés de même.

— Ah! monsieur, c'est bien beau!

— N'oublions pas la devise, grand Dieu!

— Ceci est le point difficile.

— La voilà trouvée! s'écria Froissart. « Il en est un quatrième! » Le quatrième lion, c'est votre aïeul.

— Lisez, monsieur le chevalier, cette lettre écrite sur papier du temps et adressée à votre aïeul après la bataille de Dreux :

« A mon brave Kaskarouët de Kaskarouët.

« Je te sçavois brave, mais je ne te sçavois pas plus brave que moi.

« C'est à Paris que je te veux embrasser.

« Ton Roy,

« HENRY. »

— Avec ceci, vous casserez le nez à tous les Montmorency. Malaga, rédige, scelle et jaunis.

Une seconde fois *la Dernière Guitare* alla se livrer aux fonctions d'archichancelier.

— Notre affaire est complète, reprit Aristide Froissart, du diable si l'on vous prendra pour le père de votre fils.

— Maintenant, dit à son tour le chevalier de Kaskarouët, que dois-je à monsieur le chevalier de Sainte-Croix?

— Vingt mille francs.

— Vingt mille francs! s'écria le vieux Froissart.

— Pas un sou de moins, monsieur mon père.

— Quoi!... c'est vous!...

— Moi-même, M. le chevalier de Kaskarouët.

— C'est là la profession que vous faites.

— C'est là la conduite que vous tenez, monsieur mon père! Mais revenons aux vingt mille francs que vous me devez. Vous me les donnerez ou je dirai que vos titres de noblesse sont faux.

— Et moi, je dirai que vous les avez fabriqués.

— Le père et le fils se regardèrent avec un merveilleux étonnement; puis ils se séparèrent : le fils en riant de la bonne scène de comédie qu'il venait de jouer à son père, celui-ci honteux et irrité d'en avoir été le héros.

Hélas! Au bout d'un mois, le cercle nobiliaire était fermé. Froissart, qui n'avait pas pu payer le loyer, était en fuite. Il disparut ou se cacha pendant quelque temps.

INDUSTRIE DE FROISSART.

Une troisième ou quatrième fois, Froissart se trouva sur le pavé, ne sachant quel emploi donner à son esprit pour nourrir son corps, et non seulement le sien, mais encore celui de ses trois amis.

Ils se promenaient tous les quatre dans le jardin du Palais-Royal, lorsqu'un de leurs amis de collège, bien connu d'eux par ses allures industrielles, les aborda et vint s'informer de ce qu'ils étaient devenus, de ce qu'ils faisaient, s'ils étaient heureux. Il n'adressa pas cette question à Froissart, sachant, comme tout le monde, le grand désastre dans lequel avait péri sa fortune.

Quand il eut appris leur détresse, et bien ri avec eux du dernier métier de Froissart, il leur dit :

— Mes amis, vous voyez en moi un homme de talent aussi déshérité que vous du côté des richesses, mais qui, au moment où il vous a rencontrés, cherchait quelques amis pour leur communiquer la joie d'un projet magnifique.

— Tous tes projets sont magnifiques, dit Lacervoise; c'est là leur moindre défaut.

— Justement je cherchais des associés.

— Diable! mais des associés sans mise de fonds... dit Froissard, car autrement...

— Vous m'apportez la plus belle des mises de fonds : le talent.

— Mais qui donc apporte l'argent?

— Il n'en faut pas. Mais allons sous ces arbres; si l'on m'entendait, on pourrait me voler mon idée.

Ils se placèrent à l'écart.

— Tu as spéculé sur l'amour-propre, dit le nouveau venu qu'on nommait Grandier, en s'adressant à Froissart; c'est un peu usé, soit dit entre nous. Moi, j'ai le projet de spéculer sur un sentiment plus productif. Ce sentiment, c'est la peur, et la peur ne s'use pas; on a toujours peur. Me comprenez-vous?

— Pas encore.

— Vous allez me comprendre. Nous fondons un journal. Nous débutons par-là.

Froissart et ses compagnons éclatèrent de rire.

— Oh! fonder un journal! voilà une idée neuve s'écria Lacervoise. Comment l'appellerons-nous, ce journal dont le *besoin ne se fait pas du tout sentir? L'Impartial*, ou *le Décentralisateur?*

— Du reste, interrompit Beaugency, il ne faut, pour commencer, que cent mille francs de cautionnement, plus trois ou quatre cent mille francs de frais de rédaction... Vive Grandier!

— Je ne vous propose pas de fonder un journal poltique.

— Je vous ai dit que notre journal spéculerait sur la peur, serait fondé sur la peur, vivrait sur la peur. Que voyez-vous là-dedans de politique ou de littéraire?

— Je vois alors, dit Lacervoise, que notre journal serait essentiellement moral.

Le nouveau venu fit un signe affirmatif.

Froissart devenait pensif. Grandier l'amusait moins qu'il ne le préoccupait. Au surplus, il fallait le voir à l'œuvre, et l'on discutait encore les principes.

— La peur! la peur! dit en ricanant Lacervoise, ce n'est pas déjà si neuf non plus. Veux-tu dire que tu proclameras la vérité; que tu critiqueras avec indépendance, les hommes et les choses; que tu ne seras pas arrêté dans ta courageuse mission ni par le rang, ni par la réputation, ni par la fortune; que tu braveras, pour la défense de la vérité, la prison, l'exil, et même l'échafaud?...

— Notre journal, reprit le nouveau venu, n'attaquera ni les défauts, ni les vices, ni les crimes.

— Et que fera-t-il?

— Ce qu'il fera? Suivez-moi, vous le saurez.

— Mais encore chez qui faut-il te suivre?

— Chez l'imprimeur. Pour agir, pour nous manifester, il nous faut une presse, cet organe du quatrième Pouvoir. J'en ai une. Suivez-moi chez le quatrième Pouvoir.

OU EST LOGÉ LE QUATRIÈME POUVOIR.

Voici un des logements du quatrième Pouvoir, autrement dit *la Presse.*

Précédés de leur nouveau compagnon, les quatre amis se dirigèrent vers le faubourg Montmartre.

Pour arriver à l'endroit où se logeait le quatrième Pouvoir, on franchissait d'abord une mare à canards, qui avait fini par dévorer le trottoir, et s'étendre sous la vaste porte d'entrée.

Le palais du quatrième Pouvoir était une imprimerie borgne.

Près de la porte de cette imprimerie, était le baquet de tradition où l'on plongeait les feuilles destinées à l'impression.

— Où nous conduis-tu?

— Mais nous sommes arrivés, répondit Grandier.

— C'est nous! dit-il en pénétrant dans le premier caveau humide et obscur, où se laissait voir une presse qui râlait sous les efforts d'un pauvre diable maigre et osseux, assisté d'un enfant hideux qui avait une mitre en papier.

A ces mots : *C'est nous!* un petit homme d'un blond atroce, dont le nez tranchait en noir sur des joues rouges, s'avança, une pipe à la bouche, et dit à ces messieurs :

— Je ne vous offre pas de sièges...

— Je le crois sans peine, murmura Lacervoise.

— Mais nous pouvons parler aussi bien debout.

— Ces messieurs, dit Grandier, composeront la rédaction du journal, ce sont quatre hommes de talent : M. Froissart, ancien capitaliste...

— Ah! monsieur est capitaliste?

— Je le fus, répliqua Froissart.

Grandier reprit :

— L'ami Froissart nous sera d'une grande utilité, ayant vécu longtemps dans la haute société. Personne, aussi bien que lui, ne pourrait nous dire les bons aussi bien que apersvonnenderiGra dire les bons endroits, ceux où il faudra faire *chanter.*

— Qu'est-ce que cela veut dire, *faire chanter?* demanda *la Dernière Guitare.*

Le Grandier et l'imprimeur se regardèrent avec un sourire de supériorité.

— Monsieur est artiste, poursuivit Grandier et montrant Lacervoise, un artiste méconnu, il traînera dans la boue tous ses confrères qui accaparent les commandes et sont riches à millions... Il se charge de cette catégorie.

Celui-ci est aussi un artiste très distingué; c'est lui qui se chargera de *faire chanter* les directeurs de théâtres, les acteurs, les actrices qui ne voudront pas prendre vingt abonnements à notre journal.

Les quatre amis croyaient être au fond de l'antre de la Sibylle.

— Quant à monsieur, continua Grandier, en indiquant Beaugency, il aura pour fonction de recevoir avec moi les personnes qui viendront demander des rétractations et des réparations.

— Avez-vous arrêté le titre? s'informa l'imprimeur.

— Oui dit Grandier, *le Purgatoire.*

— Mais non, ce n'est pas mal du tout, fit observer l'imprimeur.

— C'est parfait, dit Grandier. Jugez-en. Tant qu'on aura pas *chanté,* on restera dans *le Purgatoire;* si décidément l'on ne veut pas *chanter,* on tombera dans *l'Enfer;* si enfin l'on *chante,* on ira en *Paradis.*

— J'approuve, dit l'imprimeur. Nous pouvons donc tirer la première page. La Jaunisse! cria-t-il au pressier, halte-là! les billets de mort, nous allons mettre sous presse la première page du journal.

— Nous apprendras-tu enfin, demanda Froissart à Grandier, ce que tu entends par *faire chanter.*

— Vous ne me demandez pas moins, répondit l'honnête Grandier que de savoir ce qu'est le journal que nous allons fonder.

Il y a à Paris des gens riches et d'autres qui ne le sont pas; nous sommes de ceux qui ne sont pas riches. Pour rétablir l'équilibre, on a parlé, dans ces derniers temps, de loi agraire, de communisme, de partage des biens; graine de niais que tout cela! D'ailleurs, nous n'avons pas le temps d'attendre ces grandes catastrophes sociales. Il faut que nous possédions aujourd'hui.

— Comme il y va! dit Lacervoise.

— Le riche, reprit Grandier, le riche qui n'a pas peur des communistes, redoute le morceau de papier carré intitulé journal. Si ce journal le menace d'écrire, à côté de son nom, les turpitudes de sa vie, la peur le prend à la gorge, il pâlit, il tombe sur son portefeuille, l'ouvre... nous sommes là pour prendre. Et le morceau de papier exerce son redoutable empire sur le faiseur d'affaires, sur le fonctionnaire, sur l'actrice. Les mots tuent; et chaque homme a un mot qui peut tuer. Balançons ce mot sur sa tête jusqu'à ce qu'il l'ait baissée, jusqu'à ce qu'il ait racheté par l'or son péché originel. Voilà, mes amis, ce qu'on appelle *faire chanter.* J'avais donc raison de vous dire que la spéculation sur la peur valait mille fois mieux que la spéculation sur l'amour-propre. Regardez ce cerveau obscur et froid; eh bien! nous pouvons le changer en un palais de marbre et d'or.

Grandier s'étant tu un instant, les quatre amis se regardèrent avec autant de surprise que d'effroi.

C'étaient des étourdis, des libertins, des fous, mais ils n'étaient que cela.

Grandier s'aperçut de leur hésitation.

— Je ne connais rien de plus honnête que mon projet, reprit-il; nous moralisons les riches à notre profit. Notre mission, au bout d'un certain temps, peut si bien réformer la société, qu'il n'y aura plus d'abus, plus de friponneries, plus de pauvres...

— ... que les riches, murmura Lacervoise.

— Voici l'épreuve de la première page du journal, vint dire l'imprimeur; il nous faut à l'instant même la copie de la seconde page, si nous voulons paraître demain matin.

— Comment, si nous voulons paraître demain matin! nous allons écarire tout de suite la seconde page, dit Grandier à l'imprimeur. — Allons, toi, Froissart, résume-moi tes souvenirs, vite un nom, un scandale, une haine, un bon coup de boutoir. Je me charge du reste. Toi aussi, Lacervoise! toi, Beaugency! Et vous, l'imprimeur, faites-nous commander à souper dans le restaurant du Faubourg. Nous sommes cinq. Vingt douzaines d'huîtres, quatre douzaines d'Ostende, un homard, deux poulets truffés, un pâté de volailles, des goujons frits, des pommes à la Condé, trois bouteilles de Bordeaux, trois bouteilles de Bourgogne vieux, et deux bouteilles de vin de Champagne frappé. Allez! nous souperons à minuit pendant qu'on tirera le journal.

— Mais qui payera ce fastueux souper? s'écria Froissart.

— Qui le payera?... personne.

— Comment personne?

— Écoutez-moi : le restaurateur chez lequel nous allons souper a fait trois fois banqueroute. Au dessert je lui dirai : « Faites présenter la carte demain à l'imprimerie de la *Boule-Rouge.* » Demain matin, avant que sa carte ne soit envoyée, il recevra un exemplaire de notre journal où se trouvera cette phrase :

« Le restaurateur X... est un habile homme; nous le recommandons spécialement à nos lecteurs. Comme goût il n'a pas encore *failli* à Paris. »

Il comprendra, et vous ne verrez jamais de carte. Mais à l'œuvre! à l'œuvre!

Les quatre amis, poussés par le souffle de ce démon, se mirent en mesure de fournir leur part de rédaction au journal.

Une partie de la nuit ils noircirent des carrés de papier qui, revus et retouchés par Grandier, passaient ensuite sous les yeux de l'unique compositeur.

Et de temps en temps Grandier, sans cesser d'écrire, s'écriait :

— Courage! mes amis, le souper chauffe! on ouvre les huîtres! on frappe le Champagne! pas de pitié surtout!

Vers trois heures le compositeur apporta encore humides sur la table de rédaction les deux pages du journal.

— C'est avec cela, s'écria Grandier extasié, qu'on gouverne le monde bien mieux qu'avec du canon, et qu'on renverse aujourd'hui les plus fortes monarchies. Mais examinons si notre premier numéro est digne de voir le jour.

Grandier prit alors l'épreuve et l'étendit sur un pupitre, afin que tous ses collaborateurs et lui puissent indiquer en le lisant les corrections nécessaires.

Voici sous quel aspect se présentait le journal :

LE PURGATOIRE

JOURNAL D'INFAMIES

PROFESSION DE FOI

« Nous ne croyons à la probité ni au talent de personne, et nous venons courageusement le dire à la face du pays, qui attendait depuis longtemps cet aveu d'hommes désintéressés. Sans haine ni envie, nous avouerons que l'ignorance et la mauvaise foi règnent partout et triomphent impunément.

« Nous ne désignerons pas, nous ne toucherons pas avec le bout du gant, nous écraserons avec le bâton! Que les traîtres, les fripons, les usurpateurs de renommée tremblent, le *Purgatoire* les réclame.

« Comment se rachèteront-ils? Par une meilleure conduite, par la restitution de ce qu'ils ont volé, et surtout par les conseils que notre loyale rédaction pourra leur donner. »

— Très bien! dit Grandier, voilà qui est net et clair : en n'admettant personne au bénéfice de l'exception, nous jetons tout Paris dans les transes...

— Mais cependant, dit Froissart, il n'y a pas que des fripons et des imbéciles à Paris; personne ne croira à cette profession de foi.

— Il s'agit bien de savoir, répliqua Grandier, ce que l'on croira ou ce que l'on ne croira pas... D'ailleurs, la plupart des gens sont parfaitement heureux lorsqu'on attaque tout le monde, excepté eux.

— Mais le jour où on les attaque?

— Ils *chantent* alors, comme les autres dont ils se sont moqués.

A trois heures après minuit, le *Purgatoire* fut composé, imprimé et tiré à cent cinquante exemplaires, nombre fort restreint, mais suffisant, ces sortes de feuilles empoisonnées n'étant guère lus que par ceux à qui elles sont envoyées.

— Messieurs, je vous devance, dit Grandier à ses collaborateurs. Tandis que vous plierez le journal, seul et unique travail utile que vous aurez

— *La gale! s'écria Adeline; mais monsieur!...* (p. 30).

fait cette nuit, je vais voir si rien ne manque au souper.

Grandier partit, laissant les quatre amis chargés de plier le journal et de coller les bandes.

Dès que Grandier fut sorti, Froissart se croisa les bras et dit à ses trois compagnons :

— Décidément le métier de voleur serait plus de mon goût.

— Et du nôtre.

— J'ai bien faim, mais j'aimerais mieux manger ma belle-mère que de goûter au souper de notre ami Grandier.

— Mais le classique est mille fois plus honorable, dit Lacervoise.

— Votre avis est donc, reprit Froissart, que nous quittions au plus vite cette caverne. A la garde de Dieu! allons-nous-en.

— Nous ne partirons pas aussi simplement, dit Lacervoise. Le numéro du journal ne causera la mort de personne, si vous le voulez.

— Comment cela?

— D'abord je prends l'édition entière entre le doigt et le pouce comme vous le voyez, et je la mets dans ma poche. Je la supprime.

— Et moi, je me charge d'empêcher Grandier d'en tirer une autre édition, dit à son tour Froissart, qui s'empara des deux formes. D'un coup de pied il poussa les caractères et les répandit sur le parquet, ce que les compositeurs d'imprimerie appellent : mettre en pâte.

Cette bonne petite vengeance accomplie, les quatre amis quittèrent la caverne typographique.

Que devint Froissart après ce second essai d'existence? on ne saurait le dire avec la précision de l'histoire. Il ne lui restait en ce moment sous le ciel que sa philosophie, son esprit et sa haine pour sa belle-mère.

POUR AVOIR TROP PLU

Ce fut vers minuit, heure indue dans les habitudes portugaises, que s'en allèrent les trois ou quatre cents illustres invités du duc de Villa-Réal; ceux dont Adeline avait fini par retenir les noms.

— Etes-vous content de moi? demanda-t-elle au duc, dès qu'ils se trouvèrent seuls. Me suis-je bien souvenue de tous ces noms en OS et en *as?*

— Parfaitement, mon amie.

— Vos nobles compatriotes ont aussi paru assez contents de ma manière de jouer du piano.

— Ils seraient très difficiles, s'ils n'étaient pas contents.

— Et quand j'ai chanté, j'ai cru remarquer que leurs fronts se déridaient. J'étais en voix ce soir, n'est-ce pas?

— Vous avez divinement chanté.

— Comme vous êtes froid! Je croyais que vous alliez me féliciter, m'embrasser après mes efforts pour égayer vos salons, et je vous arrache avec peine des éloges que je suis obligée de dicter moi-même.

— Vous vous fâchez?

— Moi? non! mais j'aime qu'on soit juste, indulgent; vous n'êtes que poli...

— Allons! voilà la furie française. Vous ne donnez pas aux gens le temps de s'expliquer.

— Ah! vous avez une explication à donner? dit Adeline... Donnez-la, donnez-la vite!

— Vous êtes comme moi d'origine noble?

— Eh! mon Dieu! oui.

— Mais la France ne ressemble pas au Portugal, quant à l'éducation que reçoivent les gens de qualité.

— C'est possible, mais pourquoi?...

— Chez vous, une femme de qualité s'efforce le plus possible de lutter de goût, d'élégance, d'esprit avec la simple femme du monde; tandis que chez nous, les gens de qualité ne prisent, n'estiment que la qualité. Pour eux, briller, chanter, danser, avoir du succès de salon, c'est l'affaire des actrices!

— Des actrices! Ainsi quand, ce soir, je faisais des efforts inouïs pour remuer ces blocs de marbre, je passais à leurs yeux, aux vôtres, pour une actrice!... Vous m'avertissez bien tard! A l'avenir, rassurez-vous, je serai Portugaise comme vous désirez que je sois...

— Ce n'est pas moi qui veux cela, Adeline. Changerai-je ces traditions domestiques de quinze cents ans? Je le vois maintenant, j'ai eu tort de croire que vous seriez plus heureuse ici qu'à Paris. Après tout, ma faute est excusable : je ne l'ai commise que dans une intention louable. Vous en convenez, du moins...

Adeline allait répondre, quand un domestique apporta une lettre sur un plat d'or.

— Monseigneur, elle a été apportée trop tard pour qu'elle vous fût remise dans la soirée. Monseigneur était au salon.

De Villa-Réal allait rompre le cachet.

— Qu'allais-je faire! Cette lettre est pour vous!

— Pour moi?

— Voyez, elle est écrite de Lisbonne même.

« Qui donc peut vous écrire ici, où personne, excepté moi, ne vous connaît?

— C'est ce que je ne sais pas encore, dit Adeline, dont la pâleur subite indiqua qu'elle mentait.

— Qu'avez-vous? lui dit le duc. Qu'avez-vous? vous tremblez, vous avez pâli. Je veux savoir...

— Que voulez-vous savoir, monsieur le duc?

— Pourquoi cette lettre vous trouble?

— Elle ne me trouble pas, puisque je ne l'ai pas lue, puisqu'elle est encore cachetée.

— Alors, lisez-la!

— Est-ce un ordre?

— Une prière...

— Comme la lettre ne peut intéresser que moi, je la lirai plus tard.

— Vous savez donc qui vous l'écrit?

— Est-ce qu'en Portugal il est aussi d'usage que les hommes sachent ce que l'on écrit aux dames?

— Je me retire, dit le duc en baisant la main à Adeline. Croyez, madame, que je ne veux pas savoir ce qu'il y a dans cette lettre...

— Ni moi non plus, dit Adeline en approchant la lettre d'une bougie qui la consuma.

Le baiser que le duc avait posé sur la main remonta jusqu'à la joue d'Adeline.

— Nous sommes deux véritables enfants, ajouta le duc; nous ne sommes jamais si près de redoubler d'affection que lorsque nous avons quelque petite bataille.

Adeline regagna son appartement en disant :

— Je lui avais pourtant recommandé de ne plus m'écrire.

Le duc de Villa-Réal rentra dans le sien en disant avec rage entre les dents :

— Oui! ces paroles de regret qu'elle fit entendre en quittant Paris, ce cri qu'elle laissa échapper le premier jour de notre voyage; cette lettre qu'elle vient de recevoir, qu'elle n'a brûlée que parce qu'elle savait ce qu'elle renfermait... Adeline me tromperait-elle? Oh! non! Mais cette lettre!... Supposer qu'un amant l'a écrite... Ce serait affreux; si c'était un amant... il serait donc ici?

LA GRANDEUR VUE DE PLUS PRÈS ENCORE

Pendant toute sa maladie, Adeline, n'avait pu recevoir personne, pas même son père ni sa mère. La consigne étant à la fin levée, le marquis et la marquise eurent la permission de venir déjeuner avec leur fille. Après avoir tendrement embrassé Adeline, la marquise lui dit :

— Chère enfant, puisque le couvert est mis, nous ne ferions pas mal, je crois, de déjeuner.

Adeline sonna. Un domestique se présenta aussitôt.

— Dites qu'on apporte le déjeuner.

— Je suis valet introducteur chez madame la duchesse; mes fonctions ne m'appellent pas ailleurs, répondit M. le valet introducteur.

— C'est bien.

Le domestique s'en alla.

— Que dit-il? s'informa Mme de Neuvilette.

— Que je m'adresse à un autre domestique.

— C'est fort digne, mais je commence à en avoir assez de leurs salamalecs.

— Un pays où l'on ne sait à qui parler français, dit M. de Neuvilette. Il faut que je demande tout par signe... c'est fatigant à mon âge.

— Es-tu heureuse, au moins? reprit Mme de Neuvilette.

— J'ai plus que je ne désire, répondit Adeline.

— Tu es comme une reine ici.

— Et la cuisine, reprit à son tour le vieux marquis, est, par ma foi, trop épicée. En Espagne, c'est du poivre; ici c'est du feu. Je ne fais que boire toute la nuit. Quel pays! Leur julienne se compose de piment.

— Monsieur le marquis a raison. Ils finiront par mettre du poivre dans notre lit. Si nous déjeunions pourtant?...

Adeline sonna une seconde fois.

— Que veut madame?

— Il est midi et demi; dites, je vous prie, qu'on serve à déjeuner.

— J'ai l'honneur d'être le porte-queue de madame la duchesse, et madame réclame de moi, par erreur, sans doute, l'office de son valet de pied.

— Mais sais-tu, ma fille, que tu n'est pas heureuse, s'il faut que tu supportes un pareil service...

— Chaque pays, vous le savez...

— Ce pays, dit M. de Neuvilette, est, dit-on, le paradis terrestre. Regarde, ma fille, ce que ton père est obligé de priser à Lisbonne... de la brique en poudre... Ceci me fait malgré moi songer à Froissart qui m'en apportait toujours de si bon, de si pur.

— Voilà que vous allez regretter Froissart!

— Je ne le regrette pas, je parle de son attention à m'entretenir de tabac du régent. Voilà tout. On sait que c'était un bourreau, un brutal, un...

— Dites un monstre. Qui sait où il est maintenant? Mais enfin si nous déjeunions?

Adeline saisit un cordon de sonnette. Parut le chasseur.

— Cest que le premier valet de pied de madame la duchesse étant sorti pour quelque commission, l'ordre de servir le déjeuner n'aura pas été transmis au chef d'office.

— Eh bien, donnez-le; finissons-en! Servez-nous vous-même, dit Adeline impatientée.

— Madame la duchesse sait que ma charge consiste à me tenir derrière la voiture de madame la duchesse, et non à descendre à la cuisine.

Le chasseur s'était retiré.

— Ne sais-tu pas commander?

— Ma chère maman, ici prier et commander sont choses inutiles. C'est l'étiquette qui règne.

— Ceci me rappelle encore, reprit M. de Neuvilette, ce malheureux Froissart : il nous faisait manger quand nous avions faim, même dans ces derniers temps.

— Si c'est tous les jours ainsi chez toi, tu dois te coucher souvent sans souper; à propos du coucher, nous passons des soirées affreuses dans ce pays. Personne pour voisiner! Personne pour faire notre bouillote! Et où vas-tu, toi, le soir? au spectacle sans doute?

— Il n'y a de spectacle que l'hiver à Lisbonne, répondit Adeline, et la noblesse ne s'y rend que lorsque la cour y va.

— Ce monstre de Froissart nous menait au spectacle deux fois par semaine, même dans nos jours de discorde. La dernière pièce qu'il nous fit voir, tu te souviens, Adeline? c'était *Napoléon à Brienne*... Déjazet était charmante, tu t'amusas beaucoup.

— Décidément, dit Adeline, vous ne vous plaisez pas beaucoup ici. C'est une raison pour que je décide M. de Villa-Réal à retourner à Paris.

— Et tu feras bien!

— Mais il faut patienter encore trois mois.

— Est-ce que d'ici-là nous ne déjeunerons pas?

Adeline sonna désespérément une quatrième fois, et cette fois le premier valet de pied se présenta. Il était deux heures et demie.

— Madame la duchesse, le chef d'office n'ayant pas reçu à temps l'ordre de servir le déjeuner, en a disposé...

— Ah! c'est trop fort! s'écria la marquise; nous achèterons des gâteaux et nous déjeunerons du moins.

— Je ne puis vous accompagner, chère maman. Les duchesses ne sortent jamais à pied à Lisbonne.

— Prends ta voiture.

— Elles ne peuvent pas non plus sortir en voiture quand la reine n'est pas à Lisbonne.

— Tiens, ma fille! dit la marquise, quand on veut faire de l'étiquette autrement qu'à la cour de France, mieux qu'à la cour de France, je ne sais pas si l'on ne ferait pas mieux d'être tout bonnement du peuple. Ah! ma pauvre fille! je n'ose pas dire tout ce que je pense!

M. et Mme de Neuvilette se retirèrent en hochant la tête. Adeline baissa la sienne et soupira.

COURTOISIE D'UN TIGRE

Si Villa-Réal eût été un homme mal élevé, il eût éclaté en reproches contre Adeline; mais il était duc, il était fier, et d'ailleurs il n'avait encore que des soupçons; il fallait voir, examiner, attendre.

— Ma chère amie, dit-il en entrant discrètement chez elle, notre gracieuse souveraine est enfin de retour à Lisbonne depuis hier. L'étiquette nous permet maintenant de nous montrer en public. Je viens vous rendre votre liberté tout entière. Dès aujourd'hui deux voitures seront toujours à vos ordres. Voyez nos promenades, parcourez les campagnes de Lisbonne, passez vos journées chez nos grandes dames portugaises, invitez-les. Tout vous est permis...

— C'est donc une permission?

— C'est un droit, voulais-je dire. Usez-en pour votre santé, pour mon bonheur. A propos de bonheur, ma chère Adeline, j'ai pensé à une chose sérieuse qui vous concerne. J'ai placé hier sous votre nom deux millions sur la banque de Vienne. Je suis mortel, quoique jeune.

— Le cadeau est trop riche, dit Adeline, et la pensée trop triste.

— Non, mais il faut s'attendre à tout...

— Vous êtes sentencieux comme le malheur.

— C'est la seule chose que j'attende, mon amie.

— Vous êtes si riche, il est vrai!...

— Ce n'est pas parce que je suis si riche, que je serais envié, mais parce que je possède la femme la plus jolie, la plus gracieuse...

— Votre compliment serait plus exact, mon ami, si l'on m'eût vue...

— On vous connaîtra bientôt, et je prévois déjà toute l'envie qu'on me portera.

— Auriez-vous donc l'intention de me cacher, monsieur le duc? Je croyais que l'inquisition n'existait plus à Lisbonne.

— Quand madame voudra monter en voiture... vint dire un domestique...

— Voilà ma réponse à votre injuste supposition. Adieu, madame la duchesse!

A voir Adeline parcourir Lisbonne et ses charmants jardins, à la suivre de palais en palais, où c'était un empressement de la recevoir, on eût dit qu'il n'y avait que sa liberté de comparable à son bonheur. Personne pourtant n'était moins libre qu'elle.

Un étroit espionnage l'entourait. Non seulement tous ses domestiques étaient chargés de rapporter ses moindres actions au duc, mais, dans chaque maison où elle allait faire visite, une personne payée par le duc l'espionnait.

La trahison devant nécessaire faire contrepoids à l'espionnage, il arriva qu'un domestique, sans doute pour avoir le double du prix qu'il touchait, vint dévoiler à Adeline l'immense suspicion semée autour d'elle. Elle en fut attristée; et, dès ce moment, cette liberté dont elle avait si difficilement joui lui parut un horrible guet-apens. Il lui fut affreux de voir dans chaque visage un visage ennemi, et ce qui l'affligea encore davantage, ce fut de penser que le duc n'avait plus confiance en elle. Alors elle rentra dans la solitude et ne parla plus à personne, excepté à son père et à sa mère. C'était un supplice pour elle lorsque le duc la priait de faire quelque visite.

— Mais non, disait-elle, je suis fatiguée...

— Nous mettrons, chère amie, nos meilleurs chevaux à la voiture.

— Je vous en prie, ne m'obligez pas à sortir.

— Mais c'est l'étiquette.

Enfin il revenait avec un acharnement si exquis de formes, qu'elle était toujours obligée de céder. Et l'espionnage recommençait.

— Elle ne voit plus, se dit le duc, que son père et sa mère. Certes! jamais ils ne l'aideront à favoriser les vues d'un amant, si c'est d'un amant qu'elle a reçu cette lettre. Ceci me rassure.

Son projet était, ce jour-là, de conduire Adeline à une soirée donnée par un illustre seigneur portugais dont le fils venait d'atteindre sa majorité, le duc de Cadaval.

— Monseigneur, j'ai découvert...

— Quoi? parle!

— Je portais des fleurs dans l'appartement de Mme la duchesse. Elle ne m'a pas entendu entrer, et j'ai vu, avant qu'elle n'ait eu le temps de me voir...

— Quoi donc? Un homme caché chez elle?...

— Un paquet de lettres qu'elle attachait avec un cordon, et qu'elle enfermait dans son secrétaire.

— Beaucoup de lettres?

— Une trentaine environ, monseigneur.

— Tu as déjà essayé d'ouvrir son secrétaire?

— Oui, monseigneur, et inutilement. On peut le briser, si monseigneur le veut...

— Ecoute! C'est toi qui es chargé d'éclairer l'appartement de Mme la duchesse.

— Oui, monseigneur.

— Comprends-moi bien. Tu briseras ce soir le secrétaire de Mme la duchesse; une fois brisé, tu prendras les lettres; une fois que tu auras les lettres, tu mettras le feu au secrétaire. Les rideaux, les tapis, les tentures brûleront... laisse brûler. On sera toujours à temps d'éteindre.

— Cela sera fait, monseigneur.

Après avoir donné ces ordres, le duc passa chez Adeline, qu'il avait résolu de conduire le soir même au bal du seigneur de Cadaval. La dénonciation qu'il venait d'entendre ne le détourna pas de son premier projet. Il se cuirassa d'un calme de toute pièce. On appellera une pareille manière d'agir de l'hypocrisie. Vaut-il mieux donner la préférence à la brutalité? Mais le duc se dirigeait vers l'appartement d'Adeline.

On y arrivait par une galerie étroite, dont les croisées recevaient le jour des jardins qui entouraient l'hôtel.

Plein de mille idées diverses, il approchait d'un pas irrégulier et distrait de cet appartement, quand tout à coup il relève la tête et s'arrête.

— Qui donc est avec Adeline, elle qui n'accueille personne dans son intimité? Cependant on cause avec animation, avec gaieté, dans cette pièce ordinairement si muette.

Le duc s'approche encore un peu plus, et tend le cou; son oreille est frappée des éclats comme il en échappe à la joie. Que ne donnerait-il pas pour arrêter un mot au passage! Ce mot serait pour lui une révélation tout entière. Mais rien, rien qu'un bourdonnement assez distinct pour lui permettre de s'assurer que la personne dont la voix domine est un homme.

Un homme avec Adeline! Si ce n'est pas son père, qui est-ce donc?

Voulant mettre un terme à ces indécisions, le duc tourne, pour entrer, le bouton de la première porte; la porte est fermée.

— Fermée! jamais Adeline n'a fermé sa porte, se dit le duc. Seule avec un homme dans son appartement dont la porte est fermée! Eh bien! sonnons! si elle est avec quelqu'un, je verrai, j saurai avec qui... et alors... Sonnons!

Il allait sonner, un bruit d'instrument se fait entendre. La flûte et le piano ont remplacé la conversation.

— Oh! je saurai qui est avec elle, se dit le duc, je le saurai! pas de colère, pas de violence. Le mal est fait, la vengeance doit prendre son temps. Comment m'échapperait-elle? je ne connais d'issue à l'appartement d'Adeline que celle-ci. Nul ne sortira d'ici que je ne le voie.

En attendant la musique allait son train. Villa-Réal reconnaissait les morceaux affectionnés par Adeline; inspirations délicieuses d'Adam et d'Auber, restées dans son esprit comme le souvenir d'un événement heureux de sa vie passée! Un instant l'enthousiasme du souvenir fut si vif qu'Adeline se mit à chanter.

Elle chante avec âme, avec feu, avec ivresse; la flûte, le piano, la voix, forment un ensemble dont les vibrations se communiquent à toutes les parties du vaste appartement, étonné d'être tiré de sa léthargie. Cette harmonie déchire le cœur de Villa-Réal. Elle n'est pour lui qu'une affreuse raillerie. Le braver ainsi jusque chez lui! Mais quel est donc l'homme assez audacieux pour se moquer de cette manière, de lui, de son nom, de sa demeure? Cet homme est moins coupable encore qu'Adeline cependant. Si elle ne l'avait pas appelé, il ne serait pas venu. Quelle femme! celle qui apporte tant de franchise dans la trahison... Le duc sonna; il ne se contenait plus.

Il sonna, et l'on ne vint pas lui ouvrir.

Un autre bruit plus fort a succédé au bruit de la musique. C'est celui de la danse.

Maintenant, Adeline et son amant, — car quel autre nom lui donner? — valsent au son de la flûte.

De Villa-Réal sonna de nouveau et très fort, prêt à jeter bas la porte si, cette fois, on n'accourait pas lui ouvrir.

Le bruit de la danse s'arrête soudainement.

— Ouvrez! ouvrez donc! criait-il du dehors.

Un grand silence se fit dans les appartements.

La sonnette retentissait avec violence.

On n'ouvrait pas encore.

— Vous n'êtes pas seule, je le sais, disait le duc en ne cessant pas de sonner; je dérange une partie, mais j'en suis fâché. Ouvrez!

Toujours au-dedans le même silence.

— Voulez-vous que j'appelle mes gens, et que je les fasse venir avec des marteaux?

Enfin on ouvrit. Adeline se présenta...

— Je croyais, balbutia le duc, que vous n'ouvririez jamais : vous m'entendiez cependant...

— On n'entend pas tout de suite, monsieur, quand on est au fond de l'appartement.

— Mais vous êtes fort émue, madame.

— C'est de vous voir ainsi agité...

— Nous nous expliquerions mieux, je crois, dans votre chambre...

— Dans ma chambre!

— Auriez-vous l'intention de m'en interdire l'entrée?

— Mais autrefois vous demandiez la permission...

— Aussi je vous la demande.

— Entrez donc, monsieur...

— Mais n'étiez-vous pas, il me semble, avec quelqu'un?

— Avec ma mère.

— Rien qu'avec votre mère?

— Et mon père...

— Votre père joue donc de la flûte?... je ne lui connaissais pas ce talent-là... Votre mère peut-être...

— Monsieur le duc veut plaisanter ce matin.

— Avec qui donc, madame, étiez-vous, avec qui donc jouiez-vous, dansiez-vous?

— Vous m'avez dit, monsieur, répondit Adeline, que vous vouliez me parler dans mes appartements.

— Vous avez mis longtemps à m'y conduire...

— Rien ne vous empêchait de m'y devancer...

— C'est ce que je prétends faire, s'écria le duc en passant devant Adeline, qui déguisait mal la frayeur dont elle était atteinte. Et en effet, elle avait, tant qu'elle avait pu, cherché à éloigner le moment où le duc y pénétrerait. Le duc y était enfin, et elle entrait derrière lui.

— Monsieur et madame de Neuvilette ici! s'écria-t-il.

— Oui, monsieur le duc, répondit Mme de Neuvilette en tirant sa révérence.

Adeline s'était placée près de la croisée, et arrachait une à une les feuilles des longues branches qui s'avançaient en rameaux jusqu'à elle.

Le duc regardait autour de lui, interrogeait les coins de l'appartement d'où il s'attendait à voir sortir celui qui se cachait.

Il y eut une pause de quelques minutes, pendant laquelle chacun des quatre personnages se composa un maintien.

Enfin, Villa-Réal, s'adressant à Mme de Neuvilette, lui dit:

— Madame, j'ai toujours reconnu en vous un grand bon sens.

— Monsieur le duc...

— Vous seriez incapable de donner un mauvais conseil à votre fille.

— Mon cher monsieur, repartit aussitôt Mme de Neuvilette, je n'ai pas toujours conseillé ma fille. J'ai laissé faire beaucoup de choses que je n'approuvais pas; quelques-unes même m'ont très fort satisfaite, que je n'aurais pas conseillées.

— Cependant, madame, reprit le duc, ce n'est pas à vous que je puis reprocher d'avoir favorisé la scène qui vient d'avoir lieu ici?

Adeline regardait du côté du jardin.

— Quelle scène, monsieur le duc?

— Madame, il est mal de feindre quand je puis vous confondre tous...

— Nous confondre tous...

— Ne faisait-on pas de la musique ici, il n'y a qu'un instant?...

— Avez-vous aussi défendu à Adeline de se distraire par la musique? Mais savez-vous bien, monsieur, que votre tyrannie n'a pas de nom! Vous ne laissez pas sortir ma fille, vous lui défendez les promenades à pied, en voiture, vous l'espionnez...

— Madame!...

— N'est-ce pas vrai?

— Ma tyrannie, puisqu'il vous plaît de lui donner ce nom, est aujourd'hui justifiée. Votre fille a un amant...

— En ce cas, elle en aurait deux.

Le duc frissonna de rage.

— Mais, madame, reprit-il sous le couteau de cette riposte, je ne veux pas de ce partage.

— Monsieur parle très haut, dit Mme de Neuvilette: ma fille, fermez cette croisée...

— Vous m'y poussez, dit le duc, eh bien! que tout s'accomplisse, la confusion et la vengeance.

Après avoir dit ces mots, le duc se mit en mesure de chercher derrière chaque meuble.

— Notre présence est au moins inutile, dit Mme de Neuvilette. Monsieur le duc nous permet-il de nous retirer?...

— Je ne m'y oppose pas, répondit celui-ci en laissant partir M. et Mme de Neuvilette.

Quand ils fut seul avec sa femme :

— Adeline, dit le duc, apprenez-moi qui est caché ici: c'est une chose grave; mais, par l'amour que j'ai toujours eu pour vous, je vous jure de ne pas la rendre en votre présence plus sérieuse qu'elle ne l'est déjà. Dites-moi son nom, et je me retire. Ce sera ailleurs que chez moi que toute explications aura lieu.

Adeline ne répondit pas.

— Qu'espérez-vous de ce silence, qu'une découverte infaillible, imminente peut couvrir de honte à l'instant même?... Encore une fois, dites-moi qui est caché ici?

— Personne, monsieur, répondit enfin Adeline.

— Vous mentez.

Adeline tomba dans un fauteuil, les yeux baissés, la figure blanche.

— Je suis donc fou! s'écria le duc, mais je suis donc fou! n'ai-je pas entendu des paroles, des chants? est-ce que tout cela était une illusion? osez le dire... Mais vous n'osez pas le dire... vous ne m'aimez donc pas, Adeline! Que vous ai-je fait pour me tromper ainsi? vous, un amant...

— Jamais! s'écria Adeline. Jamais!

— N'est-ce pas que vous n'avez point trahi ma confiance?

— Moi!

— Ah! démentez-moi, je vous en supplie, dites-moi que je me trompe. Un jeune homme n'est pas entré ici?...

Adeline se tut et pleura.

— Vous ne me répondez que par vos larmes! Parlez, mais parlez! vos hésitations me font mourir... Est-ce par force qu'on s'est introduit ici!... mais ces accents joyeux, ces chants, ces danses... Vous étiez trop heureux ensemble; et vous dites que ce n'est pas un amant!

— Non, murmura faiblement Adeline.

— Ah! vous n'avez pas le courage de votre crime. Vous me laissez tout à deviner : mais que me reste-t-il à savoir?... par où s'est échappé cet homme qui, dites-vous, n'est pas votre amant? A moins que ce ne soit par cette croisée... Ah! c'est par là qu'il s'est en allé... Je n'avais jamais remarqué à quelle faible distance du sol se trouve cette croisée... Oui, cet homme s'est échappé par ici... Dites encore que ce n'est pas votre amant!

— Non, monsieur, je vous l'ai déjà dit, et c'est trop que de me répéter.

— Eh bien, madame, soit; c'est un voleur qui aura trouvé de l'indulgence auprès de vous en faisant valoir, surpris dans votre appartement, ses talents sur la flûte et la valse.

— Je ne répondrai pas...

— Allons! ne m'abusez pas plus longtemps; dites-moi ce que venait faire ici ce jeune homme, dites-moi son nom ou bien attendez-vous à voir accueillir comme des mensonges toutes les paroles qui sortiront de votre bouche.

— Eh bien! vous saurez son nom.

— Il est donc venu quelqu'un ici...

— Quand l'ai-je nié?

— C'est vrai : vous n'avez pas cherché à me prouver qu'il n'était venu personne. Mais vous me direz son nom.

— Oui, monsieur le duc.

— Dites-le donc sur-le-champ.

— Pas aujourd'hui.

— Demain donc?

— Oui, monsieur le duc, demain.

— Demain... c'est bien tard... toute une nuit d'attente. Demain, soit! A demain.

Le duc allait sortir, il revint sur ses pas.

— Ah! j'oubliais, dit-il, que je venais pour un motif moins pénible. Que ce qui s'est passé ne dérange rien à des projets arrêtés. Ce soir nous irons à un bal où nous sommes invités, par M. de Cadaval.

— Au bal tous les deux!

— Oui, madame, il le faut.

— Je croyais, monsieur le duc...

— Nous pouvons tout croire, interrompit de Villa-Réal, mais il faut que le monde ne sache jamais rien. Nous sommes attendus tous les deux ce soir. A dix heures nos carrosses seront prêts. Encore ce sacrifice, madame.

— Puisque telle est votre volonté, monsieur le duc.

— C'est convenu. Adieu, madame, à ce soir.

Il s'en allait : Adeline courut vers lui, le saisit par le bras et lui dit :

— Mais si je suis morte, ce soir...

— Si vous êtes morte!... vous ne m'accompagnerez pas.

AU BAL

Jamais reine, le jour de ses noces, ne parut aussi pompeusement vêtue qu'Adeline au bal du duc de Cadaval. Elle ruisselait de diamants; sa robe fut estimée plus d'un million par les yeux jaloux de ses rivales.

Pour un Français, Adeline eût été cent fois plus belle en robe de simple mousseline; mais, pour les gens de cour, elle avait atteint le suprême degré de l'éclat et de la distinction. La raideur étant encore un signe de noblesse, sa froide immobilité acheva de lui gagner l'estime de toute la grandesse portugaise. Sous ce masque de gravité, elle put du moins cacher la profonde langueur de son esprit. La tyrannie de Villa-Réal avait flétri son bonheur. Résolument il n'était plus pour elle l'homme auquel elle avait sacrifié sa patrie, ses habitudes et son honneur.

Le premier étourdissement passé, il eût fallu que l'amour de Villa-Réal pour elle balançât ses regrets, que cet amour restât exclusif, étourdi, enfant. Mais du moment où il devenait sombre, jaloux, défiant, elle revenait tristement sur le passé, et elle pleurait le petit locataire du petit pavillon.

Enfin, pour ne pas le contrarier, elle avait accepté de danser, avec un jeune Espagnol récemment arrivé à Lisbonne.

Elle avait cédé à ce nouveau piège du duc qui, voyant des rivaux partout, avait cru trouver ce rival dans ce jeune gentilhomme espagnol. Il ressentit la joie féroce que donne la jalousie, la seule qu'elle donne, lorsqu'il les eut réunis sous son regard inquisiteur. Le moindre geste allait suffire à sa conviction. Ils se trahiraient par un regard, par une pression de la main, par leur silence même.

La contredanse dura une demi-heure; le supplice du duc de Villa-Réal dura un siècle; mais il ne vit rien, il ne saisit rien, il ne devina rien.

— Quelle perfide! murmura-t-il; si habile déjà!

En reconduisant Adeline à sa place, son jeune cavalier espagnol lui dit quelques mots à voix basse. La rage du duc se réveilla.

— Que lui dit-il?

Adeline s'était arrêtée un instant; le jeune duc avait repris sa confidence. De Villa-Réal s'était levé à demi sur le fauteuil d'où il observait. Tout à coup, Adeline, s'apercevant que le duc l'épiait, se sentit si profondément affectée, ou des regards du duc ou des dernières paroles dites par le gentilhomme espagnol, qu'elle tomba évanouie.

Ce fut aussitôt un bruit, un mouvement, une confusion dont on peut se faire une idée.

Le duc de Villa-Réal alla précipitamment vers le jeune Espagnol qui avait osé parler à la duchesse.

Rien qu'en se regardant ils se comprirent.

L'Espagnol s'écria avec noblesse :

— Je n'ai rien dit à Mme la duchesse qui ait pu causer son évanouissement.

— Voilà enfin son amant! s'était dit le duc.

— Je vous jure, continuait le jeune Espagnol, que je n'ai dit à madame que ce que vous allez tous entendre. Je lui ai demandé si son mari, M. Froissart, que j'ai beaucoup connu autrefois à Paris, était au bal avec elle.

L'Espagnol achevait à peine sa phrase, qu'il recevait un soufflet du duc de Villa-Réal, exaspéré, furieux de la honte que jetait sur lui une pareille révélation, faite devant tant d'illustres personnages auxquels il avait présenté Adeline comme sa femme, comme duchesse de Villa-Réal!

L'Espagnol s'élança sur le duc; mais vingt personnes les séparèrent.

Tout rentra peu à peu dans un ordre apparent; mais le coup avait été mortel pour Adeline, qui, revenue à elle-même, demanda sa voiture et partit. On savait qu'elle n'était pas la femme du duc.

Quelle immense joie pour toutes les grandes dames, ses rivales, de pouvoir se dire :

— Elle ne reparaîtra plus dans le monde; nous la ferions chasser par nos valets.

— Cet homme est décidément son amant, dit plus que jamais de Villa-Réal en rentrant chez lui avec Adeline. Je n'ai plus rien à savoir. Je n'ai pas même besoin des lettres qu'on va me remettre.

Après avoir confié Adeline à ses femmes de chambre, le duc se retira dans ses appartements. Tout s'était passé comme il l'avait voulu. On avait mis le feu au cabinet d'Adeline, le secrétaire avait été brûlé; le valet lui donna le paquet de lettres. La moitié de ces lettres était datée de Paris, l'autre moitié de Lisbonne; mais, ni les unes ni les autres ne décelaient le nom de celui qui avait osé les adresser à Adeline; audace fort concevable, du reste, car les dernières lettres marquaient déjà un assez grand progrès sur son cœur.

Le duc vit sans peine par ces lettres, dont quelques-unes étaient des réponses, la peinture graduée des souffrances qu'elle éprouvait sous sa domination; il vit aussi qu'à force de souffrir, Adeline avait fini par écouter la voix du consolateur, ce jeune consolateur, c'était assurément cet Espagnol du bal.

En digne Portugais, le duc cacha à Adeline ce qui s'était passé au bal pendant son évanouissement. Convaincu qu'il était trahi par elle, il renonça à toute explication déshonorante pour tous les deux; il ne songea plus qu'à se tirer avec noblesse du mauvais pas dans lequel il s'était engagé. Mais avant de se battre, il écrivit à Adeline :

« Madame,

« Mes soupçons sont devenus une certitude. Non seulement vous ne m'aimez plus, mais vous en aimez un autre; et cet autre vous l'aimiez déjà à Paris, vous l'aimiez quand vous consentiez à me suivre à Lisbonne.

« J'ai des preuves que vous ne mentiez pas seulement à votre mari en vous donnant à moi, mais à moi-même, mais à cette troisième personne aussi, que vous ne vous attendiez pas sans doute à retrouver à Lisbonne, à moins que vous n'eussiez arrêté d'avance le projet de me faire trouver face à face avec elle, et je ne devine pas trop dans quel intérêt, dans quel but.

« Que vous ayez quitté votre mari pour vous attacher à moi, je m'explique cette préférence par le peu de sympathie que vous inspiraient les mœurs de M. Froissart; mais ce que je ne puis m'expliquer, c'est qu'étant libre comme vous l'étiez de placer ailleurs votre affection, vous ne me l'ayez pas donnée.

« Je ne méritais peut-être pas d'être aimé, mais j'avais quelque droit à ne pas être trompé, madame, puisque j'ai respecté votre choix, et n'ai accepté votre cœur que lorsqu'il vous a plu de me le donner. Si je vous ai imposé, malgré moi, les tourments de l'étiquette, c'était pour complaire aux exigences de mon rang et de ma naissance; pour qu'on ne doutât pas surtout que vous étiez bien ma femme. J'ai pu descendre jusqu'à être jaloux; mais, dites s'il n'y avait pas dans mon action égale partie d'amour et de crainte, convenez-en, madame, trop vite justifiée!

« Je n'ai plus qu'une grâce à vous demander, madame, c'est de quitter Lisbonne aujourd'hui même, non pas en fugitive, mais comme une femme qui a porté mon nom pendant près d'une année. Vous resterez riche pour éblouir ceux qui tenteraient de vous rabaisser; c'est tout ce que je puis vouloir pour vous en vous quittant, en quittant moi aussi dès demain le Portugal pour toujours. Je vais au Brésil. L'Océan sera entre nous. Ce n'est pas là la plus grande distance qui nous séparera désormais.

« Adieu, madame, adieu.

« Octave DE VILLA-RÉAL. »

Après avoir plié cette lettre, le duc de Villa-Réal se rendit avec ses deux témoins hors des murs de la ville, où il trouva, accompagné également de ses deux seconds, son adversaire, le jeune gentilhomme espagnol.

— Monsieur, lui dit-il en l'abordant, votre nom?

— Tarifa de Santander.

— Etes-vous gentilhomme?

— Comme le roi.

— C'est bien.

— A mon tour, reprit le jeune gentilhomme en jetant au loin son chapeau et en tirant son épée du fourreau, je vous adresserai une question.

— Dites, monsieur.

— Pourquoi un gentilhomme de votre rang a-t-il fait à un gentilhomme comme moi un outrage de valet? Avant de risquer ma vie contre la vôtre, je veux savoir si je la joue contre un fou.

Les quatre témoins s'étaient éloignés hors de la portée de la voix.

— Monsieur, dit le duc de Villa-Réal, vous êtes l'amant de ma maîtresse.

— J'aurais été tout au plus, reprit le jeune Espagnol en riant, l'amant de la femme de M. Froissart, si j'avait été autre chose pour elle qu'un homme parfaitement indifférent.

— Vous mentez.

— Pourquoi mentirais-je, monsieur? ce serait le moment d'être fat ou jamais. Votre nouvel outrage ne porte pas. Voyons si vous serez plus adroit à l'épée.

— Encore un instant.

— Il fait bien chaud, monsieur.

— N'est-ce pas vous qu'elle a vu en France, à quelques lieues de Paris, il y a un an?

— Moi!

— N'est-ce pas vous enfin, monsieur, qui lui avez écrit ces lettres?...

Le duc remit au jeune Santander le paquet de lettres qu'il avait fait prendre dans le secrétaire.

— Pour avoir écrit ces lettres, il faudrait savoir le français beaucoup mieux que je ne le connais.

— Vous me le jurez...

— Je vous ai dit, monsieur, qu'il fait bien chaud.

— Monsieur, recevez donc mes excuses, s'écria le duc en croisant le fer avec M. de Santander, et de manière à être entendu des quatre témoins étonnés.

L'épée du duc, après un engagement assez court, traversa le gosier de Santander, qui tomba en disant :

— Si je reviens de ce coup d'épée, je me souviendrai des délices de Lisbonne toute ma vie.

Le jeune Santander ne devait pas se souvenir de Lisbonne. Le sang l'étouffa : il mourut en riant.

Désespéré, Villa-Réal rentra égaré chez lui.

On lui apprit qu'Adeline avait quitté l'hôtel.

Avant de partir elle avait ordonné qu'on remît au duc avec tout ce qui lui avait été donné de précieux, ce billet :

« Monsieur le duc,

« Je vous jure par ce qu'il y a de plus sacré au monde, par mon père, par ma mère, sur le salut de mon âme, que je n'ai jamais eu d'autre amant que vous.

« Adeline DE NEUVILETTE. »

Quand le duc put réfléchir sérieusement sur ce qu'il avait fait, sur ce qu'Adeline lui avait écrit, il était depuis deux mois dans son lit. Un coup de sang l'avait foudroyé après son affreux et inutile duel.

Dès que sa convalescence fut finie, il s'occupa avec toute la frénésie du remords de retrouver Adeline, partie depuis plus d'un an avec son père et sa mère sans quil eût jamais pu découvrir la contrée quelle était allée habiter.

Il se détesta pour l'avoir si promptement accusée.

Il visita les autres villes du Portugal; il parcourut l'Espagne, l'Italie; mais ni les pays du Midi, ni ceux du Nord ne lui rendirent Adeline. Dès qu'il la justifiait, il reprenait malgré lui cette fatale correspondance où il lisait des passages tels que ceux-ci :

« Vous vous êtes trompée, Adeline : vous avez cru que la distinction dans un homme en était l'esprit, que la politesse en était la bonté, que la richesse en était la grandeur. Le temps vous a prouvé votre erreur. Vous ne serez pas heureuse avec lui, pauvre Adeline!

« Je sais tout ce que vous souffrez dans la prison dorée où il vous a enfermée, parce que je connais votre naturel charmant, votre simplicité française, vos besoins de voir, d'entendre des gens d'esprit, de vivre avec eux, dussiez-vous avoir moins de diamants à votre front, et de perles à vos robes. »

— Eh bien, se disait le duc, ce cri ne prouve-t-il pas qu'elle était lasse de vivre avec moi, qu'elle souriait à la pensée de me quitter pour suivre le nouvel amant qui lui écrivait ainsi? Cependant ce dernier billet, ce billet où elle atteste Dieu qu'elle ne m'a pas trahi pour un autre amant...

Ce mystère rendait fou Villa-Réal, qui se laissa conduire en France par les personnes de confiance emmenées avec lui.

Un jour, après cinq ou six ans de recherches infructueuses, il se trouva dans les rues de Paris, dans ce Paris où il avait connu Adeline, où il en avait été aimé. L'aimant du passé l'attira faubourg Saint-Honoré, devant l'hôtel de Neuvilette. Il chancela, il l'avait reconnu, il osa en franchir la porte.

— N'est-ce pas ici que demeure...

— Que demandez-vous? lui dit un jeune concierge.

— N'est-ce pas ici que demeure M. de Villa-Réal?

— Non, monsieur, il est mort en Amérique.

— Mort en Amérique! murmura le duc en souriant tristement. Puisque vous êtes si bien informé, pourriez-vous me dire si M. Froissart est à Paris?

— Il est au Père-Lachaise depuis six ans...

— M. Froissart serait mort?...

— Non pas le fils, mais son père, M. le chevalier Froissart.

— Et le fils?...

— Vous m'en demandez trop.

— Qu'est-ce qui parle de M. Froissart?

M. Turbot avait paru à la croisée de sa loge.

— Mais je ne me trompe pas! s'écria-t-il, c'est M. de Villa-Réal!

Oubliant le rang de son ancien maître, il l'embrassa en pleurant comme s'il revoyait son fils.

Cette effusion passée, le vieux M. Turbot dit :

— Mais à qui donc appartient l'hôtel, que personne ne vient plus réclamer les loyers? J'ai là des sacs d'écus dont je ne sais que faire.

— Mais l'hôtel est à Mme Aristide Froissart... Elle n'est donc jamais revenue?...

— Jamais! monsieur.

— Ni son mari?

— Non plus. Probablement il n'a pas le droit de toucher à cet argent, car il ne s'en serait pas fait faute. Je me suis laissé dire qu'il vivait à Passy...

— Je vous remercie de votre bon accueil, mon cher Turbot, interrompit le duc. Adieu, j'aurai le plaisir de vous revoir avant peu.

— Est-ce que vous vous trouveriez mal! s'écria M. Turbot en voyant tout à coup pâlir la figure de M. de Villa-Réal.

— Ce n'est rien, mon cher monsieur Turbot, ce n'est rien. J'ai été malade il n'y a pas longtemps; j'éprouve encore des défaillances...

Le jeune duc, en relevant la tête, avait vu la petite croisée du pavillon où il avait passé cette nuit si douce et si terrible... Il se croyait malheureux! Il avait vu cette croisée, et la chambre d'Adeline! et le jardin! et les fleurs!... Voilà pourquoi il avait pleuré.

L'ÉLYSÉE FROISSART

Entre la barrière de Passy et le château des Tuileries s'étendait, jadis, un vaste champ de terrain que les agrandissements de Chaillot ont réduit aux dimensions fort étroites qu'il a aujourd'hui : c'était ce qu'on appelait *les Bons-Hommes*. Beaucoup de jardins, beaucoup de guinguettes très fréquentées en été, sont semés comme à la volée sur ce versant.

A égale distance de la rivière et du sommet de Chaillot s'élève une propriété charmante, gaie comme une fête, comme un dimanche dans la belle saison. Au pied coule la Seine, et au bord de la Seine s'échelonnent des cabanes de pêcheurs, moitié paille, moitié boue; en sorte que cette propriété domine le grand chemin par où passent les intarissables flots de voitures allant de Paris à Versailles.

On y parvient par des soubresauts de terrain fort rudes l'hiver. Deux ou trois petits sentiers, tracés dans les champs, y conduisent de Chiallot par une pente plus douce; mais ils ne sont guère praticables que dans les temps secs de gelée. L'été, en revanche, l'un et l'autre chemins ont mille agréments à offrir.

A chaque pas, les yeux s'attachent à quelque épisode fleuri de la route. Sous les aubépines verdissent des carrés de gazon naturel, le plus beau de tous les gazons. Aux endroits plus unis croissent, avec toute la symétrie rurale, les légumes de la saison; puis s'éparpillent en tous sens des guinguettes aériennes : *le Point du Jour, la Bonne Friture.*

Le soleil s'enfonçait bien loin au milieu des bois qu'il embrassait dans sa chute; il allait être nuit, lorsque Villa-Réal franchissait d'un pas douteux les sentiers verdoyants de la colline des *Bons-Hommes.*

Sa voiture l'attendait au bas, sur la grande route. S'il évitait de demander la maison de campagne, c'est qu'il n'en apercevait qu'une seule au sommet de la colline qui méritât d'appartenir à un propriétaire bourgeois. Les autres se trahissaient par la joie des locataires; chalets et guinguettes exhalant à cette heure du soir l'odeur du sureau, de l'acacia, du vin, de la violette, du hareng grillé et de la lavande.

Enfin, après avoir laissé sous ses pieds ces groupes de restaurants rustiques, il toucha à la haie de clôture de la maison de campagne.

Les premières étoiles éclairèrent son entrée dans cette propriété. Rien ne s'était opposé jusque-là à sa marche solitaire.

Quoique faibles, les ombres la protégeaient.

Au bout d'un quart d'heure, il s'arrêta à la dernière rangée de pommiers plantée en rideau à quelque distance de la maison. Aller plus loin était imprudent.

On l'eût aperçu du rez-de-chaussée de cette maison, carrée, élevée de deux étages, percée de plusieurs croisées, quelques-unes gaiement masquées de jalousies vertes, les autres entrebâillées et laissant deviner un bon luxe de campagne, demi-bourgeois, demi-rustique.

Quoique placé à trente ou quarante pas de la maison, Villa-Réal distingua clairement un groupe de plusieurs personnes assises autour d'une table et qui prenaient leur repas du soir.

Les cinq hommes et les deux femmes qui l'entouraient semblaient heureux d'être ensemble. Ils suspendaient le mouvement des fourchettes pour causer, pour rire, pour se tendre la main. Plus le souper s'avançait et plus l'animation augmentait, au grand étonnement de celui qui, riche à millions, plus jeune que tous les convives, ne connait pas un bonheur si bruyant, si expansif, dans des conditions si étroites, et qui, à vrai dire, ne comprenait plus le bonheur.

Il avait hésité, il avait douté en entrant.

L'espoir de retrouver Adeline partout, à chaque déplacement nouveau, l'avait trop promené d'erreur en erreur, trop souvent déçu, pour qu'il ne fût pas en garde contre ces surprises soudaines. Il vainquit donc le tressaillement dont il avait été saisi, se porta un peu à droite de l'endroit où il

— *Cela sera fait, monseigneur* (p. 41).

s'était d'abord arrêté, et gagnant un côté du jardin hors de l'axe de la maison, il marcha dans cette direction jusqu'à ce qu'il fût arrivé dans la masse d'ombre projetée par la maison même. Quelques pas encore, et il aurait franchi les marches extérieures du salon. Il les aborda doucement par un des angles, et à pas de loup vint s'asseoir, retenant son haleine, juste au bord des trois portes. On ne pouvait pas le voir, et il entendait tout.

— Je vous disais donc, reprit un des interlocuteurs, que je me trouvai une seconde fois au Havre sans un sou dans ma poche.

De Villa-Réal reconnut aussitôt cette voix.

— C'est M. Aristide Froissart, murmura-t-il. Je suis donc chez lui!

Froissart poursuivit :

— Dans ce même port du Havre où le vaisseau sur lequel elle s'était embarquée avait mis à la voile quatre mois auparavant.

— Elle?... répéta Villa-Réal, elle?... Un vaisseau parti?... du Havre?... Que veut-il dire?

— C'était quelques jours après notre fameuse aventure de la Boule-Rouge Or, j'étais sans le sou. Paris bien loin derrière moi, devant moi l'Océan, avec moi la misère.

— Que devins-tu?

— Tu allas te noyer?

— Voyons, quel parti pris-tu?

Ces trois interruptions apprirent à Villa-Réal que Froissart soupait en ce moment avec ses trois plus anciens commensaux, Beaugency, Lacervoise le sculpteur et *la Dernière Guitare*. Ils se retrouvaient, après des vicissitudes sans nombre, assis autour de la même table, comme s'ils n'avaient pas vieilli d'un jour. A la vérité, ils semblaient beaucoup plus calmes qu'alors.

— Ce que je devins? répondit Froissart. Je me mis à lire les affiches.

— Excellent moyen pour dîner.

— Ne dédaignez rien dans le malheur. Au bout d'une heure et demie de lecture, pas moins, mon cher Beaugency! j'aperçus un petit carré de papier blanc, fraîchement collé, sur lequel on avait écrit à la main :

On demande un valet de chambre à l'hôtel d'Angleterre.

J'arrête un passant et je lui demande : « Où est l'hôtel d'Angleterre? — Prenez cette rue, me répondit-il; c'est à cinquante pas d'ici. » Je cours, j'arrive, j'avais peur qu'un autre ne m'eût devancé... une place de valet de chambre!

— Y songeais-tu? s'écria le sculpteur.

— Toi, valet de chambre! murmura *la Dernière Guitare*.

— J'arrive à l'hôtel d'Angleterre. — Quelle est la personne qui a besoin d'un valet de chambre? — Numéro 10, le grand salon. Je monte au grand salon. Je sonne, on m'ouvre. Un monsieur moitié Anglais, moitié Français, Anglais par la mise, par l'abandon. Français par l'accent parisien, me demande si j'ai déjà servi, je l'affirme. Il me demande encore si je sais lire, écrire, calculer; et je lui réponds que je lis parfaitement, que j'écris moins bien, mais que je connais mes quatre règles. Il sourit de ma science et me propose quatre-vingt francs de gages par mois, la table et le logement, cela va sans dire. Il se rendait à Dieppe et je l'accompagnerais; nous visiterions ensuite l'Angleterre, l'Ecosse et l'Irlande. Si je n'avais jamais été valet de chambre, celui qui m'interrogeait n'en avait jamais eu; je m'en aperçus aux confidences qu'il me fit. Mon interrogatoire achevé, j'allai me joindre aux domestiques : un cuisinier, une femme de chambre, un nègre, un groom. Ils me reçurent fort mal d'abord.

— Mais tu veux plaisanter, mon ami, dit *la Dernière Guitare*.

— Mes amis, reprit Froissart, je n'ai pas été roi et je ne puis par conséquent vous dire le bonheur qu'on goûte à l'être, mais je vous jure que si l'on choisissait son bonheur, c'est (après celui d'être ici avec vous) le bonheur d'être valet de chambre que je choisirais.

— Mais la liberté!

— La liberté! Dans quelle position de la vie a-t-on plus de liberté? Valet de chambre, vous sortez huit ou dix fois par jour pour faire les commissions de votre maître, et lorsqu'il est au spectacle ou en soirée, vous allez où bon vous semble. Point de souci! A dix heures le déjeuner ne manque pas; à six heures le dîner ne se fait pas attendre; les mets de votre maître sont les vôtres; ses vins sont vos vins; il y goûte, vous les buvez.

— Mais la dignité! dit une voix cassée et que Villa-Réal ne reconnut pas d'abord.

— Elle est belle votre dignité! c'est la digne sœur de votre liberté. Parlez-moi de la dignité d'un médecin qui va visiter deux fois par jour les sécrétions de ses malades; ou d'un poète qu'on siffle après qu'il a donné un an de sa vie à la création d'un drame; où de la dignité... Mais où avez-vous mis la dignité? Si nous sommes tous d'accord pour trouver de l'indignité à être valet de chambre, c'est par jalousie.

— Je bois au paradoxe de Froissart! s'écria Beaugency.

— Messieurs, vous allez voir s'il n'est pas vrai que la plupart des maîtres sont moins heureux que leurs domestiques.

— Que ne prennent-ils leur place?

— Ils n'osent pas. Ils croient comme vous à la liberté, à la dignité humaine! Mieux accueilli auprès des autres domestiques, je leur demandai si notre maître était usurier, banquier ou rentier, enfin s'il était très riche, puisqu'il menait un train de millionnaire. Ils ne purent me donner qu'un seul éclaircissement : c'est que la très jeune et très jolie femme qui était avec lui, et qu'il appelait Julia, n'était pas sa femme.

— Mais pourquoi Froissart se trouvait-il au Havre? répétait encore dans son coin de silence et d'ombre Villa-Réal.

— Oui, ils sont cent fois moins heureux que leurs domestiques, s'écria Froissart. Un soir, nous étions à Dieppe depuis deux mois, mon maître me pria, tandis qu'il serait au spectacle, de lui préparer comme de coutume ses lampes, son verre d'eau sucrée, de mettre des cigares sur son bureau. Il s'en alla ensuite avec madame. Depuis longtemps je me demandais ce que pouvait faire mon maître pour user chaque nuit l'huile de ses lampes, l'eau de sa carafe, pour consommer tout son sucre et fumer dix ou douze cigares. J'avais calculé qu'une telle consommation prenait au moins la durée de la nuit.

« Après avoir fait tout ce que mon maître m'avait recommandé, je m'étendis sur un fauteuil, et je m'endormis : cela m'arrivait souvent, mais je m'éveillais toujours une heure après.

« Ce soir-là, soit qu'il fît plus chaud, soit toute autre cause, je ne m'éveillai pas. Monsieur et madame revinrent du spectacle et je n'entendis rien. Quand je rouvris les yeux, je m'aperçus avec effroi que monsieur travaillait à son bureau. Deux heures sonnaient à la pendule. Madame dormait. Je comprimai mes mouvements. Aucun bruit ne m'avait trahi. D'ailleurs monsieur parlait haut en écrivant. Il écrivait, il ne cessait pas d'écrire, et ce n'étaient pas des lettres; qu'écrivait-il?

« Au bout d'une heure, je l'entendis sécrier :
« Ah! grâce au ciel! voilà mon article pour *la*
« *Revue des Deux-Mondes* fini! »

« Serait-ce un homme de lettres! pensai-je. Lui, but un verre d'eau sucrée, alluma un nouveau cigare et recommença sa besogne.

« Il était quatre heures, lorsque je l'entendis exhaler un autre soupir de contentement et dire :
« Enfin, voilà mon dernier chapitre achevé; main-
« tenant aux épreuves de mon feuilleton! »

« Autre cigare, autre verre d'eau sucrée, autres travaux. Mon maître se pencha sur des épreuves et pendant deux heures il promena sa main sur de grandes marges qu'il couvrit de corrections.

« Décidément, pensai-je, je suis au service d'un homme de lettres.

« A six heures et demie, il dit à haute voix :
« — Maintenant, voyons ce que j'ai gagné ce

mois-ci. Mon article pour *la Revue des Deux-Mondes*, 300 francs; mon volume, 1.500 francs; mon feuilleton à *la Presse*, 500 francs; total : 2.300 francs. Passons aux dépenses. Dépenses à l'hôtel, 1.000 francs ce mois-ci; mes deux chevaux, 200 francs; le cocher, 50 francs; mon groom, 30 francs; la femme de chambre, 40 francs; mon valet de pied, 80 francs; mon cuisinier, 100 francs; mon noir, 20 francs; loyer de la voiture, 50 francs; total : 1.570. — Ajouter à ces 1.570 francs, six robes, deux chapeaux, divers objets de toilette pour madame, 563 francs; autre total, 2.133 francs. Or, quand j'aurai payé ces 2.133 francs, il me restera... Combien me restera-t-il? : — Il me restera net 167 francs. Je suis en bénéfice, ajouta-t-il; oui, mais le mois prochain, et c'est demain le premier, il me faudra payer davantage, puisque nous partirons pour l'Angleterre. Allons, je ferai un autre roman plus fort, un autre feuilleton plus long, un autre article plus étendu. Je suis brisé, anéanti! le sommeil me tue! quelle vie! » Et mon maître se déshabilla et se mit au lit.

« Il ne me restait aucun doute sur sa profession; c'était un homme de lettres, une de ces existences si enviées, qui affectent les goûts et les habitudes des riches, et ne soutiennent cette splendeur factice qu'à force de veilles, de peines inouïes, d'excès de travail. En me retirant, je fus saisi de pitié pour ce galérien de l'intelligence.

« Je lui demandai mon congé à son réveil, lorsqu'il m'eut compté mes trois mois de gages. J'avais calculé d'ailleurs qu'avec cet argent je pouvais obtenir mon passage sur un vaisseau qui se rendait en Portugal. »

— En Portugal! répéta Villa-Réal. Celui qui parle en ce moment est sans nul doute Aristide Froissart; mais pourquoi allait-il en Portugal? quel motif l'y appelait? S'il y était allé, je l'aurais vu, je l'aurais rencontré...

Le jeune duc eut le temps de se livrer à toutes ces réflexions, car Froissart, à cet endroit de son récit, s'était tu, et son silence avait été aussitôt couvert par un duo de guitare et de piano.

— Je crois reconnaître la légèreté de la main qui joue du piano, se dit Villa-Réal; c'est *sa* grâce, *son* velouté, *son* charme... Mais je me figure toujours qu'elle est où je suis...

A l'instant même, il entendit distinctement, quand la guitare et le piano eurent cessé de s'accompagner, le bruit d'un baiser, de plusieurs baisers même. Ils paraissaient avoir été donnés en récompense à l'une des deux personnes qui venaient de jouer. Le duc sentit seulement comme une épine qui lui entrait peu à peu dans le cœur.

— Un million! se dit-il pour voir le visage de ceux qui sont là; et s'oubliant, il pencha la tête... Un horrible aboiement le força à se retirer.

— Je suis découvert!...

— Ici, Phénix! cria Froissart... c'est quelqu'un qui passe à travers champs. Ici, Phénix!

— C'est peut-être un pauvre qui est à la porte, dit une voix qui brisa la poitrine de Villa-Réal. Si j'allais voir...

— Est-ce qu'il y a des pauvres en France! se récria Froissart; tous les pauvres du monde sont en Portugal... Reste-là, chérie, et toi, Phénix, ici!

De Villa-Réal n'avait rien pu voir, épouvanté par les jappements du chien.

— Mais c'est elle! se dit-il, c'est sa voix! Oh! est-ce que je ne deviens pas fou?... Je me suis si souvent trompé... je n'ai plus la certitude de rien; Pourtant!...

— Phénix, reprit Froissart, Phénix se lie à mon histoire. Il m'avait suivi au Havre; ne pouvant le garder lorsque je me plaçai comme valet de chambre, je le mis en pension chez un habitant qui, pour vingt centimes par jour, s'était chargé de sa nourriture.

« Ce ne fut pas sans de grandes difficultés que j'eus la permission de l'embarquer. Le capitaine portugais refusait de le recevoir. Enfin il y consentit, après m'avoir fait prendre l'engagement de le nourrir sur ma ration. A ces conditions, moi et mon chien nous montâmes sur le bâtiment, dont les voiles s'enflèrent. Nous marchions si peu, qu'à notre troisième nuit de mer une frégate française, qui nous prenait apparemment pour un nuage arrêté sur l'eau, vint vers nous de toute sa vitesse. Notre équipage dormait. Sans Phénix, la frégate nous broyait. Le chien aboya tant, qu'elle finit par nous voir. Nos matelots s'éveillèrent enfin, et nous échappâmes ainsi, grâce à Phénix, à une mort presque certaine. »

— Je le moulerai, ton chien! dit Lacervoise.

— Merci, dit Froissart, tu en as déjà étouffé trois pour avoir voulu les mouler.

— Bon! je ne sais plus mon état à présent. Tu me refuses tout. Incapable d'élever un tombeau à ton père, je ne suis plus même bon aujourd'hui à mouler un chien.

— Lacervoise, dit Froissart, personne ne sait comme moi ce que tu vaux; on t'a méconnu, ignoré, trahi.

Les larmes venaient aux yeux de Lacervoise :

— Oui, on m'a méconnu, ignoré, trahi!

— Lacervoise, reprit Froissart, on dira un jour : Si Lacervoise avait sculpté, il aurait été le plus grand statuaire du monde. Malheureusement il n'a jamais sculpté. »

— Tu es un vrai ami! s'écria Lacervoise.

— Alors, répliqua Froissart, permettez-moi d'achever l'histoire de Phénix en achevant la mienne. J'arrivai avec mes derniers écus à Lisbonne où, comme dans toutes les capitales possibles, tout est cher pour l'étranger. Je n'ai pas eu besoin de vous dire ce que j'allais y faire avec si peu de moyens d'y prolonger ma résidence; il n'y a que le cœur pour prendre de ces résolutions périlleuses.

Il dut se passer autour de la table une scène muette assez longue, car Froissart s'étant arrêté, on n'entendit plus pendant quelques minutes que le vague frémissement des cordes de la guitare.

Villa-Réal attendait, la tête plongée dans les deux mains, que Froissart reprît le cours de son récit. Mais quel incident l'arrêtait?

Oh! si le duc avait vu en ce moment l'expression de deux visages!...

— Très périlleuses, continuait Froissart. Au bout de quinze jours de promenade dans Lisbonne, je me trouvai un beau soir dans mon galetas sans avoir ni déjeuné, ni dîné, ni soupé. Je devrais dire « nous nous trouvâmes », car Phénix partageait en tout les caprices de mon sort. Enfin le jour se présenta où, après avoir fait ensemble nos cinq ou six lieues de marche, nous nous trouvâmes harassés, à jeun et sans un sou. Vous devinez que ces courses n'avaient pas d'autre but que de découvrir ce que j'étais venu chercher de si loin à Lisbonne et que je ne pouvais raisonnablement découvrir que par le hasard d'une rencontre dans la rue. Voilà pourquoi nous étions toujours dehors.

— Elle qui, précisément, ne sortait jamais alors! dit une voix moins jeune.

— Si cette voix est celle de Mme de Neuvillette, pensa Villa-Réal, j'en aurai la certitude... Mais je les nie toutes... Non! Adeline n'est pas ici... Non, celle qui m'aima n'est pas ici... Non! oh! non!

— Mendier, poursuivit Froissart, me paraissait dur. La nuit vint, et Phénix et moi nous nous couchâmes à jeun.

« Le soleil brilla de nouveau, et nous nous regardâmes avec une tendresse mêlée de désespoir,

« A midi je n'avais plus qu'à choisir, entre tendre la main ou mettre en gage des objets auxquels je tenais presque autant qu'à la vie : une bague, une paire de boucles d'oreilles, quelques bracelets et un collier, tout ce qui me restait d'elle.

« Sans Phénix dont je voyais le regard s'éteindre d'heure en heure, je n'aurais jamais eu le courage de me défaire de ces souvenirs.

« C'est la mort avec une longue agonie de porter au mont-de-piété, la bague mystérieuse, le collier attaché autrefois au cou d'une personne adorée. Sévère comme le destin, l'employé pèse dans un plateau ce que vous estimez au-dessus d'un monde et il vous dit : « Vingt francs! » Tous les gages d'amour, devraient être en cuivre, en plomb, en acier, n'avoir aucune valeur pour que jamais la faim, même la faim! ne s'en fît une ressource.

« J'eus vingt-cinq francs pour les boucles; elles en valaient deux cents, mais j'étais étranger. Enfin avec ces vingt-cinq francs nous vécûmes quelques jours Phénix et moi. Mais nous ne découvrions rien de ce que nous cherchions : un jour seulement, Phénix s'obstina à suivre le sillon laissé dans la boue par les roues d'une voiture. Il flairait, il aboyait, il se dirigeait sur cette trace, il ne voulait pas la quitter. Je ne sais jusqu'où m'aurait conduit sa fantaisie, si, la cause n'en eût disparu tout à coup. Ce sillon conduisait au Tage, s'arrêtait juste où les personnes qui étaient dans la voiture avaient dû s'embarquer pour traverser le fleuve. Phénix revint à moi, l'oreille basse.

« Je fus bientôt obligé de faire de l'argent avec les bracelets et la bague et d'arriver au collier.

« Mais je ne pus me résoudre à me priver de cet objet que j'avais vu si souvent à ton cou, ma chère amie. »

Villa-Réal laissa tomber un de ses bras le long de son corps; sa main frappa la pierre de l'escalier. Il ne sentit rien.

— A qui parle-t-il, mon Dieu!

— Ce pauvre Phénix, poursuivit Froissart, avait remarqué que chaque fois que nous sortions du mont-de-piété, j'entrais dans une espèce de restaurant. La faim, le bonheur de l'apaiser avec quelque plénitude, avaient laissé une empreinte si profonde dans son cerveau qu'il allait involontairement du côté de ce restaurant, quand nous nous étions trop longtemps promenés dans Lisbonne.

« Il vous est facile de prévoir, que le moment arriva où je fus forcé de porter au mont-de-piété le dernier fragment du collier. Je touchai trente francs sur ce morceau d'or brisé. Mais, je résistai longtemps, avant de m'en dépouiller : Phénix avait vécu deux jours d'un hareng, moi de quelques oranges, avant de céder à cette nécessité désolante.

« Avec quelle joie, mon compagnon et moi nous entrâmes dans le restaurant! Phénix faillit y pénétrer en brisant un carreau.

« Nous nous régalâmes comme on ne se régale pas au Café de Paris. Pour moi, tout me semblait perdreaux, truffes et champignons. Quel jour de fête! dernier beau jour!

« Nous nous éveillâmes la semaine suivante dans la fatale position que nous connaissions déjà, mais plus terrible, plus décisive que jamais. Avec quelle anxiété je voyais passer les heures, moins pour moi que pour mon pauvre Phénix.

« Le matin de notre troisième jour de jeûne, je le cherche autour de moi. Plus de Phénix. Est-il allé mourir loin de moi, afin de ne pas m'attrister du spectacle de sa mort? Sa disparition me rendit fou. Je cours partout, je vais dans tous les endroits où nous avions l'habitude de nous rendre, je n'aperçois pas Phénix. Je vais ailleurs, il n'y est pas. Il n'est plus qu'un endroit, me dis-je, c'est le restaurant voisin du mont-de-piété. J'y cours. Phénix y était connu. Je m'informe, personne ne l'a vu. Un mendiant, pourtant, me dit : « Votre « chien?... mais je l'ai vu.

« — Vous l'avez vu?

« — Oui, aujourd'hui.

« — Y a-t-il longtemps?

« — Une demi-heure environ. Et tenez! je crois « qu'il est entré là.

« — Mais c'est le mont-de-piété.

« — Oui et je l'ai remarqué parce qu'il a franchi « les huit marches d'un seul bond. »

— Je parcourais déjà les salles du mont-de-piété, appelant Phénix, mais point de réponse. Je parviens enfin à la salle des bijoux, celle où je n'étais que trop allé; j'approche du bureau de l'employé; que vois-je, au milieu d'une foule de gens qui ne revenaient pas de leur surprise? Phénix, les deux pattes appuyées sur le bureau, et attendant, qu'on lui donnât de l'argent. J'embrassai Phénix, je le serrai contre moi, comme un ami, comme un frère. Je pleurai, tout le monde pleurait d'attendrissement autour de moi. Tenez, voilà que vous pleurez tous, et moi aussi!

— Si j'avais encore mes trois cent mille francs, dit Beaugency, je ferais construire à Phénix un chenil de marbre orné de glaces.

— J'avais dit que je le moulerais, s'écria Lacervoise, ce n'est pas assez : je le coulerai en bronze, je le poserai sur un socle de marbre.

— Oui, comme le tombeau de son père, pour lequel tu ne lui as pris que douze mille francs.

— Beaugency, c'est de la personnalité!

— Je ne veux pas faire autre chose.

— Alors c'est une insulte?

— Non, c'est un total : douze mille francs.

— Jamais, dit Froissart, notre ami Lacervoise ne m'a demandé douze mille francs, c'est moi qui lui ai offert cette somme comme un dédommagement...

— Où est-il ce tombeau? demanda Beaugency.

— Dans ma tête! répondit fièrement Lacervoise.

— C'est Elle! interrompit Froissart, qui l'emporte sur vous tous, en reconnaissance, je suis fâché de le dire. Au lieu de tant s'occuper de monuments, elle s'est emparée de Phénix. Voyez! plutôt! très bien, ma chère amie, caresse-le, car tout ce que Phénix et moi avons souffert, c'est pour toi, parce que nous étions venus te chercher dans cet enfer de Lisbonne... Mais écoutez la fin.

« Nous sortîmes tous les deux du mont-de-piété, et nous nous retrouvâmes dans la rue, sans savoir où aller.

« On m'avait chassé de mon galetas, en sorte que je n'avais plus que le ciel sous le ciel. Du reste la nuit était superbe. Je me dirigeai vers les bords du Tage.

— *Fleuve du Tage!* murmura en s'accompagnant sur la guitare, l'éternel chanteur de romances.

— Je n'avais guère envie de chanter *Fleuve du Tage!* en ce moment; je pensais plutôt que ce fleuve qui roulait autrefois de l'or allait me rouler dans ses profondeurs, si mon sort ne changeait pas sur-le-champ. Après avoir pour ainsi dire reconnu l'endroit où j'allais me noyer, je vois Phénix qui accourt vers moi avec des aboiements. Je le suis, et le voilà qui recommence à suivre un sillon de roues. Cette fois le sillon me ramenait en ville.

« Phénix marche toujours devant moi. Bientôt nous sommes loin du fleuve : « Je me noierai demain matin, pensai-je, l'eau sera moins froide! » Une demi-heure après j'étais dans le cœur de la ville. Mille détours m'amenèrent enfin devant la porte d'un magnifique hôtel. Là Phénix cessa de courir pour flairer entre cette porte et le sol, étroit passage par lequel il essaya de se glisser.

« Cette circonstance me fit oublier mes projets de suicide. Je vis se perdre sous la porte cochère le double tracé des roues, d'où je conclus sans peine que la voiture avait reçu au bord du fleuve la personne conduite à cet hôtel.

« Cette personne était revenue tard; elle avait une campagne de l'autre côté du Tage...

« Cet hôtel, s'isolait par deux de ses côtés des hôtels voisins. Un immense jardin entouré de murs en étendait les proportions agrandies encore par l'effet de la nuit. Dans la situation d'esprit où j'étais, ce n'est pas l'audace qui me manquait. Je mesure d'un coup d'œil la hauteur de ce mur et en deux élans je l'assiège. Me voilà sur le mur; je me glisse, je tombe sans bruit sur une terre gazonnée; je me relève et vais devant moi, guidé à travers les arbres et les bosquets par une lumière qui brillait derrière le rideau d'une croisée. J'avance toujours, j'arrive enfin sous cette croisée, un peu plus haute que je ne l'avais imaginé de loin. A cet endroit, je m'oriente. Mes calculs me prouvent que je suis exactement derrière l'hôtel, sous les appartements qu'occupent d'ordinaire les maîtres afin de ne pas être inquiétés par les bruits de la rue.

« Je m'assieds un instant au pied d'un arbre; il était environ deux heures. A peine assis j'entends tousser légèrement puis deux rideaux glisser, puis le frôlement de la soie qui se froisse. Je relève la tête, une figure était au-dessus de moi; je la reconnais! C'est elle! Je prononce un nom, un cri y répond. C'est vous! c'est moi! Des arbres, s'élevaient en rideau devant cette rangée de croisées. Je m'élance sur l'un, je grimpe et quand je suis au niveau de la croisée ouverte, j'imprime un léger balancement aux branches qui, d'ondulations en ondulations plus fortes m'y portent sans efforts et sans bruit. Une main effrayée saisit ma main, je saute légèrement dans un appartement... Mes amis, nous fûmes bien heureux! Au milieu de la nuit, de cette nuit où je voulais me tuer, je me trouvai aux pieds d'Adeline, à qui je disais des paroles étouffées, folles, joyeuses, désespérées. Je lui demandai mon pardon je ne voulus pas entendre le sien : nous nous purifiâmes tous deux dans les larmes. Nous nous confessâmes nos faiblesses, nos fautes. Elle m'avait toujours aimé, du moins elle n'avait jamais pu me haïr; plus elle avait connu les ennuis de la richesse, les étouffements de l'étiquette, plus elle s'était prise à se souvenir avec regret de son pauvre Froissart, si paresseux mais si naturel, si mauvais sujet mais si bon enfant! si faible mais si tolérant!

« Que vous dirai-je encore? ne nous étant pas aimés autrefois parce que nous ne nous étions pas connus, nous nous aimâmes bien alors parce que nous avions connu les autres. Je ne l'avais pas tuée, il fallait bien que je l'adorasse. Jusqu'au jour, assis à ses pieds, j'écoutai l'histoire, je ne dirai pas de sa faute, mais de la mienne. Que de tortures elle avait endurées, cette pauvre Adeline, sous les diamants et la soie dont un amour de grand seigneur l'avait étouffée.

« En me voyant, elle crut voir un libérateur, un ange! J'étais pour elle la patrie, l'air, le ciel, la lumière du pays qu'elle avait quitté, qu'elle n'espérait plus revoir.

« Je ne la quittai qu'au jour, après être convenus que nous nous retrouverions le lendemain et les jours suivants au même endroit.

« Il y avait deux mois que je la voyais, tantôt en prenant un déguisement, tantôt en me glissant chez elle par le mur du jardin, lorsque notre imprudence fit découvrir au duc de Villa-Réal qu'Adeline entretenait une correspondance.

« Vous savez, mes amis, la suite de cette histoire; Adeline et moi nous vous l'avons racontée.

« Tandis que le duc de Villa-Réal se battait avec un jeune gentilhomme espagnol, transformé en rival par sa frénésie, Adeline, son père, sa mère et moi, nous quittions secrètement l'hôtel du duc, Lisbonne, le Portugal, et nous nous embarquions pour le Havre sur un navire anglais.

« A peine arrivé à Paris, j'apprends la mort de mon père. Mon père, il va sans dire, m'avait déshérité; mais il m'avait trop déshérité.

« Ayant donné tous ses biens à des communautés religieuses, sans me léguer un seul centime, il s'endormit dans le sein de la religion.

« Mais sa vengeance, avait dépassé le but. Sur la demande d'un de mes oncles, le testament fut cassé, et les tribunaux, établissant un partage plus égal, m'accordèrent vingt mille francs de rente, et j'en jouis, ou plutôt nous en jouissons, depuis la mort de mon vertueux père.

« N'est-ce pas un assez beau revenu pour que nous puissions vivre tous les sept jusqu'à la fin du monde, ici, dans l'Elysée-Froissart?! »

FIN

PROCHAIN OUVRAGE A PARAITRE :

BONS MOTS ET ANECDOTES

par DANIEL

On demandait à Calino pourquoi il lisait si attentivement les annonces de mariage.

— C'est parce que je veux savoir s'il s'est marié plus d'hommes que de femmes.

***

On apprenait à Calino que son ami Untel venait de perdre sa femme et que le pauvre garçon en était tellement affecté qu'il ne tarderait pas à la suivre.

— Cela ne m'étonne pas, dit-il, il a toujours passé son temps à suivre les femmes.

***

Le professeur d'histoire à Calino :

— Que devint le dauphin après la mort de Louis XIV et de Marie-Antoinette?

— Un pauvre orphelin.

***

Un ami de Calino qui l'attendait à la gare le voit descendre du train, pâle et défait.

— Qu'y a-t-il? es-tu malade?

— Non, dit Calino, mais j'ai dû voyager en arrière et cela m'indispose et me donne mal au cœur.

— Il fallait changer de place avec quelqu'un en face de toi.

— Impossible. J'étais seul dans mon compartiment.

(*A suivre.*)

Paris. — Imp. PAUL DUPONT (Cl.).

www.ingramcontent.com/pod-product-compliance
Ingram Content Group UK Ltd.
Pitfield, Milton Keynes, MK11 3LW, UK
UKHW021947260726
13994UKWH00004B/1589